花嫁は義兄《あに》に超束縛される

CROSS NOVELS

真船るのあ

NOVEL:Runoa Mafune

緒田涼歌

ILLUST:Ryoka Oda

CROSS NOVELS

CONTENTS

CROSS NOVELS

CONTENTS

花嫁は義兄《あに》に超束縛される

Runoa Mafune
Presents

真船るのあ

Illust
緒田涼歌

CROSS NOVELS

講義の終了を告げる、チャイムが鳴る。

すばやく筆記用具を片付け、洲崎昊洸《すざきこう》は足早に教室を出た。

身長は百七十センチあるかないか、といったところだろうか。

スレンダーな細身にまとっているシャツとジーンズは廉価品だが、若さと持ち前のスタイルのよさで上手に着こなしていた。

驚くほど小顔で等身のバランスがいいので、女性のパリコレモデルのようだが、本人はもっと筋肉質な身体に憧《あこが》れている。

わけあって節約中の身の上のため、美容室へ行く回数を減らしていて髪も長めなので、よけいに中性的に見えるようだ。

「なぁ、今日これで終わりだろ？　カラオケ行かない？」

後から追いかけてきた友人の野中《のなか》と高橋《たかはし》がそう声をかけてきたが、昊洸は憂鬱《ゆううつ》げに首を横に振った。

「行きたいけど、無理。今日、例の食事会なんだ」

「あ～そっか、じゃダメだな」

三人でそんな話をしながら、校舎を出る。

ここは、都内にあるI大。

国立大で偏差値もかなり高く、難関と言われている名門だ。

「しっかし就職どうすっかな～。イマイチ、ピンとこないんだよな」

「おいおい、自分が進みたいジャンルくらい考えとけよ」

経済学部三年に在学している昊洸達は、就職活動を考えねばならない時期で、皆寄ると触るとその話になる。

「昊洸はどうするんだ？　親父さんの会社継ぐのか？　あ、でも兄貴がいるから、無理して継ぐことないいんだっけ？」

「……うん、まぁね」

と、昊洸は言葉を濁す。

「でもさ、なんでそんなにいやがるんだよ、兄貴との食事会。毎回ご馳走《ちそう》作ってくれるんだろ？」

「それはそうなんだけどさ……優雅に飯食ってる暇あったら、その時間にバイト入れたいよ」

「学費は親が出してくれてるけど、一人暮らしの生活費は全部自分のバイト代で賄《まかな》ってるんだもんなぁ。偉《えら》いよ、昊洸は」

「ほんとほんと。俺にはとても真似《まね》できないな」

と、二人は声を揃《そろ》えて感心してくれている。

「そんな、大層なもんじゃないよ」

家を出たのも、結局は自分の我が儘《まま》なのだから、生活費をなんとかするのは当たり前だと昊洸は思っていた。

そんな話をしながら、三人が並んで正門近くまで進むと、門前の路肩に駐車しているシルバーの高級外車が見えた。

彼らが近づくとスモークガラスが開き、左ハンドルの運転席から三つ揃いのスーツ姿の男性が降りてくる。

年の頃は、二十七、八といったところか。

理知的で切れ長な双眸《そうぼう》に、高い鼻梁《びりょう》。

すっきりと整った美貌《びぼう》にメタルフレームの眼鏡《めがね》がよく似合っている。

日本《にほん》人離れした長身と足の長さがものを言い、そこいらの下手《へた》な芸能人よりよほど見栄えがする容姿に、見慣れているはずの友人達もやや気圧《けお》されている。

「いつも昊洸が世話になっている。手のかかる子だが、よろしく頼む」

「は、はい、いえ、大丈夫です」

へどもどする二人に、昊洸は頰《ほお》を膨らませる。

「ガキじゃないんだから、そういうのやめてくれっていつも言ってるだろ。じゃ、またな」

「お、おう」

友人達が見守る中、昊洸は助手席に乗り込み、二人を乗せた車が走り去る。

「しっかし、いつもながらブラコンだよなぁ、昊洸の兄貴」

「ああ、でも週一で飯作って弟に食わせるなんて、なかなかできないよな。洲崎不動産の専務で、

300
78-66

メチャ忙しいんだろ？」

「まぁでも、なんかわかる気もするよ。昊洸って、どっか危なっかしくって放《ほう》っておけないとこがあるからなぁ」

「そうそう、なんだか保護欲そそるんだよな、あいつ」


一方、友人達にそんなことを言われているとはつゆ知らず、昊洸は助手席で唇を尖《とが》らせる。

「……わざわざ、大学まで迎えに来なくたっていいのに」

「そうしないと、なんだかんだ理由をつけて、おまえがドタキャンするからだろうが」

「……」

まさにその通りだったので、ぐうの音《ね》も出ず、昊洸はむっつりと押し黙る。

車内を気まずい沈黙が押し包み、昊洸はため息をつく。

こんな気詰まりな思いをしてまで、なぜ蛍一《けいいち》は自分を構い続けるのだろう？

「……俺のこと、嫌いなくせに」

ぼそりと呟《つぶや》くと、ハンドルを握る蛍一が「なにか言ったか？」とこちらを見る。

どうやら独り言が聞こえなかったらしい。

「……なんでもない」

聞こえていればよかったのに、と昊洸はますますむくれて窓の外を眺めた。


昊洸が蛍一と出会ったのは、もう憶《おぼ》えていないくらい子どもの頃にさかのぼる。

昊洸の父・直樹《なおき》と蛍一の父・悟《さとる》は同い年で、生家が近く幼い頃からの大親友だった。

結婚は悟の方が早く、長男・蛍一が誕生。

結婚が遅かった直樹の元には、七年遅れて昊洸が生まれた。

二人の妻達も馬が合い、家族ぐるみでの付き合いが続き、お互い一人っ子同士だった昊洸と蛍一はまるで兄弟のように育った。

ことに昊洸は蛍一が大好きで、『蛍一兄ちゃん』と彼を慕い、まとわりついた。

同級生と遊ぶよりなにより、小学生の頃から成績優秀で文武両道を絵に描いたような蛍一は、幼い昊洸の憧れだったのだ。

蛍一も、年の離れた昊洸を邪険にすることなく、実の兄のように接し面倒を見てくれた。

思い返してみれば、あれが人生で一番しあわせな時期だったのかもしれない。

春はお花見、夏は海水浴、クリスマスにお正月と、二つの家族は楽しいイベントもいつも一緒に過ごした。

昊洸の両親は結婚を反対され、駆け落ち同然で故郷を後にした経緯があり、親しく付き合う親《しん》戚《せき》もなかったので、蛍一一家は唯一頼れる大切な存在だった。

ところが、そんなささやかなしあわせは長くは続かなかった。

あれは、昊洸が八歳になったばかりの頃。

会社の謝恩パーティーに夫婦で出席することになった両親は、昊洸を蛍一の家に預け、出かけていった。

『すぐ帰るから、いい子にしていてね。お土産買ってくるから』

美しく装い、車の助手席で微笑《ほほえ》む母の最後の姿は、今でも鮮明に記憶に残っている。

だが、その帰り道、二人の乗った車は大規模な追突事故に巻き込まれ、その約束はついに果たされることはなかった。

遺体の損傷が激しいとのことで、警察の遺体安置所での確認は、蛍一の父が代わりにしてくれた。

なにがなんだかわからないうちの出来事に茫然《ぼうぜん》とする昊洸の手を、当時中学生だった蛍一はしっかり握りしめ、ずっとそばにいてくれた。

不思議とすぐに涙は出なかったが、ただ不安で、昊洸も蛍一から片時も離れたがらず、夜も一緒の布団でなければ眠れなくなった。

こうして突然両親を失った昊洸だったが、身寄りがないということで施設に入るしかなかったところを、悟は『亡き親友の忘れ形見だから』と昊洸を洲崎家に引き取り、養子縁組までしてくれたのだ。

こうして昊洸は、『洲崎昊洸』となった。

精神的ショックが大きかったせいか、その当時のことはあまりよく憶えていない。

なんとか小学校には通っていたが、学校から帰るともう蛍一が戻るまで待ちきれず、家の外まで出て彼の帰りを待つ。

家でもべったりまとわりついて離れず、蛍一もそんな昊洸を心配してなるべく早く帰ってきてくれていた。

今思えば、高校受験を控えていた蛍一にとってはかなりの負担だっただろう。

だが、なにもかも失ってしまった昊洸にとって、蛍一が世界のすべてだった。

この上、蛍一までいなくなってしまったらどうしよう。

そんなことになってしまったら、もう両親の後を追うしかない。

だって、蛍一なしでは生きられないから。

幼心にそこまで思い詰めるほどだった。

蛍一はいやな顔一つせず、まるでカルガモの親子のごとく、どこへ行くにもついてくる昊洸の面倒を見てくれた。

蛍一の優しさのお陰で、だんだんと落ち着きを取り戻し、心の傷は年月がゆっくりと癒《い》やしてくれた。

こうして、昊洸は洲崎家ですくすくと成長した。

蛍一の両親は、実子である蛍一と分け隔てなく昊洸にも愛情を注いでくれた。

洲崎家は、その界隈《かいわい》では名の知られた大地主で、悟は父の後を継いで大手不動産会社を経営していた。

昊洸の両親はごく一般的なサラリーマン家庭だったので、生活レベルの差はあったが、悟はまったくそんなことは意に介さず、かといってセレブぶりを見せびらかすこともなくフランクに昊洸一家と接してくれたのだ。

こうして昊洸は、蛍一とその両親の厚い庇護《ひご》の元、なに不自由なく育った。

だが、十五歳になった頃、両親を失った次に悲しい別れが訪れることとなる。

都内の一流大学を卒業した蛍一は、父の会社に就職することが決まっていたのだが、突然一人暮らしをしたいと両親に申し出たのだ。

それを聞き、ずっと一緒にいられると無邪気に信じていた昊洸は大ショックを受け、必死に反対したが、蛍一はかたくなに意志を曲げなかった。

父の会社は自宅から充分通える距離にあり、わざわざ別に部屋を借りる必要などないのに。

「蛍一の奴、急にどうしたんだろうなぁ」

訝《いぶか》る父に、母が意味深な含み笑いを漏らす。

「あなたも鈍《にぶ》いわね。蛍一もそういうお年頃なのよ。自宅じゃ、そうそう恋人を連れてきにくいじゃない」

「そうか、そういえば最初の彼女、愛莉《あいり》さんだったかな？　家に連れてきたことがあったが、まだ付き合ってるのか？」

「彼女とは別れたみたいだけど、また新しい人ができたのかもね」

そんな両親達のなにげない会話が、ぐさりと昊洸に胸に突き刺さる。

――そっか、蛍一兄さんはまた恋人ができたんだ……。

今まで、彼にとって自分が一番近しい存在だと信じて疑わなかった。

だが、蛍一が初めての彼女を家に連れてきて紹介した時、蛍一にとっての一番はその人になってしまったのだという現実を思い知らされた。

大学時代の彼女とは別れてしまったようだが、蛍一はモテるので、すぐ別の人ができたのだろう。

恋人がいてもいい、そばにいてくれればと思って我慢してきたが、今、蛍一は自分の元から離れようとしている。

その現実が、たまらなく寂しかった。

「……どうしても、行っちゃうの？」

部屋でてきぱきと荷造りする蛍一に、昊洸は往生際悪く声をかける。

すると蛍一は、作業を続けながら振り向きもせず言った。

「おまえもいい加減、兄離れしないとな」

そっけないその言葉は、多感な時期だった昊洸の胸を深く抉《えぐ》った。

結局のところ、やはり彼は自分の面倒を見るのが疎《うと》ましかったのだ。

幼くして両親を亡くし、かわいそうな子だから、同情して今まで優しくしてくれただけだったのだ。

認めたくなかったが、それが現実なのだと思った。

「……俺は、大丈夫だよ。身体に気をつけて、ごはん、ちゃんと食べてね」

必死に涙を堪《こら》え、それだけ言うのが精一杯だったが、やはり蛍一は振り返ってはくれなかった。

気まずい別れ方をしたまま、昊洸は蛍一が巣立つ日も仮病を使い、見送らなかった。

いや、見送れなかった。

行ったら最後、みっともなく大泣きして彼を引き留めてしまいそうだったから。

蛍一がいなくなった家は、なにか大切なものが欠けてしまったようにがらんとして、昊洸の胸に埋められない大きな穴を開けた。

その日を境に、昊洸は『蛍一兄ちゃん』と呼ぶのをやめ、『蛍一』と呼び捨てにするようになった。

それは自分を見捨てた大好きな兄への、ささやかな意趣返しだったのかもしれない。

父の仕事を手伝う蛍一は、新入社員の頃から多忙で、滅多に実家に顔も出さなくなった。

なんとなく、それも自分に会いたくないからではないか、避けられているからではないかと疑ってしまう。

父の話では、蛍一の恋人はかなり短いスパンで変わるらしく、いつも違う女性を連れて歩いているのを見かけるらしい。

家に連れてこいと言っても、『特定の相手はつくらないから』と答えて父親をあきれさせたようだ。

「いやぁ、参った。蛍一があんなにプレーボーイだったとはなぁ」

「モテるのはいいけれど、一人の子と長続きしないんじゃ当分結婚は無理かしらねぇ」

そんな噂《うわさ》話を両親から聞かされることも、苦痛だった。

――あの頃の俺って、純真だったよな……蛍一に見捨てられたと思っただけで、世界の終わりみたいだったもん。

だが、当然ながら蛍一がそばにいてくれなくても世界が終わることはなく、だんだんと彼のいない生活に慣れていった昊洸は高校生になり、将来の進路を考える時期になると漠然と独り立ちを考えるようになった。

今の育ての両親からは深い愛情を感じるし、とても大切にしてもらっている。

だがやはり、自分は彼らの実子ではないので、この先は自分一人の力でなんとかしてみよう、そう考えたのだ。

成績優秀な昊洸は、有利な奨学金がもらえる都内の大学を探し、みごとに合格した。

蛍一と同じ職場で働くことはできなくても、たとえ末端でも父の手助けができればいいと、経済について勉強するために、経済学部を選んだ。

合格するまで両親には内緒で行動し、大学にほど近い格安アパートも見つけた。

フル回転でバイトをすれば、ぎりぎり生活費もなんとかなるだろうと試算し、それらを表にまとめて両親に見せ、説得した。

当然そんな気を遣う必要はないのだから、大学には家から通いなさいとさんざん反対されたが、昊洸は譲らなかった。

「今まで大切に育ててくれて、ほんとに感謝してる。でも今は、どこまでやれるか自分を試してみたいんだ。俺の我が儘を、どうか許してください」

そう訴え、深々と頭を下げる。

昊洸の意志が固いと察したのか、先に父が折れ、なにか困ったことがあったり、金銭的に不自由した時には隠さず、すぐに助けを求めること、最低週に一度は自宅に顔を見せに来ることなどを条件に、ようやくお許しをもらうことができた。

こうして十八の春、昊洸は独り立ちして大学生になった。

ところが、後からそれを聞かされ、激怒したのが蛍一だ。

「父さんも母さんも、なぜそんな勝手を許したんだ。学費も生活費も一人でどうにかするなんて、まだ子どもの昊洸には無理に決まってるだろう！」

家を出てから今までの三年間、ほっぽり放しだったくせに、頭からそう決めつけられた上に、今さら保護者面するのかと、昊洸もカチンとくる。

こうなると昊洸も、意地でも言うことを聞いてやるもんかという気分になってしまった。

昊洸が頑として実家へ戻ることを拒否すると、蛍一は次なる手を打ってきた。

危ないバイトはしないこと。

実家にはまめに顔を出すこと。

週に一度は自分と食事を共にし、その週にあった出来事を報告すること。

それを聞いて昊洸はあきれ、それでは監視だと抗議し、勝手に蛍一が決めた金曜の夜の約束をわざとすっぽかしてやった。

すると次の週から、蛍一は昊洸の講義が終わる時間に、大学の正門前で待ち伏せするようになったのだ。

なにせ、かなり目立つ容姿なので、あの美形は誰だと大学内の女子達が騒ぎ、瞬く間に毎週金曜に誰かを迎えにやってくる謎《なぞ》のイケメンの存在は噂になってしまった。

そのイケメンに毎週連行されるので、「昊洸の兄貴は美男子だけど過保護なブラコン」と級友達に奇異の目で見られ、ちゃんと蛍一のマンションに行くから、待ち伏せはやめてくれと白旗をあげる羽目になった。

だが、一度でもドタキャンすると、すぐにこうして待ち伏せ復活となるのだ。

うんざりしながら、昊洸は車の助手席に乗り込むしかなかった。

毎週金曜の夜、昊洸はこうして蛍一のマンションに連行され、栄養バランス完璧《かんぺき》な彼の手料理をふるまわれる。

面倒だから外食でいいじゃないかと思うのだが、どうやら蛍一は昊洸がまともな食事を摂《と》っていないことを危惧《きぐ》し、栄養補給をさせたいようだ。

この日も、ちらりと見ると車の後部座席には高級スーパーの紙袋が二つ積まれていて、蛍一が買い物をすませて昊洸を迎えに来たことがわかった。

義兄としての義務感で面倒を見られるくらいなら、あのまま距離を置かれたままの方がよかったのに。

それなら、もうなにも期待してはいけないとよくわかるから。

そんな複雑な思いを抱えているうちに、蛍一の運転する車は麻布《あざぶ》に到着する。

蛍一が暮らしているのは、父の会社のすぐそばにある高層マンション。

エントランスには、まるでホテルのようにコンシェルジュが常駐している高級物件で、セキュリティーも完璧だ。

「お帰りなさいませ」

通りすがりに、コンシェルジュの若い女性ににっこり微笑まれる。

週一で連行されてくる昊洸の顔も、すっかり憶えられているようだ。

カードキーがないと動かないエレベーターに乗り込み、最上階へ向かう。

２ＬＤＫ、約九十平米。

窓からは都内の夜景が一望できる最高のロケーションだ。

むろん、家賃の方も最高級だが、ここは洲崎不動産の所有物件なので、父の右腕として働く蛍一にとってはふさわしい住処《すみか》なのだろう。

部屋に到着すると、蛍一はすぐスーツの上着を脱ぎ、手洗いをすませ黒のエプロンをつけてキッチンに立った。

「昊洸も手を洗ってきなさい。ちゃんとうがいもするんだぞ」

「……わかってるよ」

子どもじゃないんだから、と内心ぶつぶつ言いながら、昊洸も洗面所に向かう。

うがいと手洗いをすませてダイニングに戻ってくると、テーブルの上には昊洸が好きなカフェオレが湯気を立てていた。

オープンキッチンで蛍一が料理を作る間、昊洸はここに座り、彼の質問（もとい、尋問に近いと昊洸は思っているのだが）に答える。

それが毎週、二人の間で執り行われる習慣だ。

「今週はなにか変わったことはあったのか?」

「……別に」

もっとも、まだわだかまりの残っている昊洸はまともに答えようとしないので、必然的に蛍一からのお説教を延々聞かされる羽目になるのだが。

「あのいかがわしいバイトは、まだ辞めていないのか」

「……いかがわしくなんかないよ。俺はただの雑用兼ボーイだし」

ほうら、おいでなすったと昊洸は思わず首を竦《すく》める。

実は一ヶ月ほど前、大学の先輩から時給のいいバイトがあるからやらないかと誘われ、ちょうど夜間のバイトを探していた昊洸は一も二もなく引き受けた。

それは新宿《しんじゅく》にある、セレブ層向けの高級ニューハーフバーで、スタッフも美女(?)揃い、料金もそれなりにする珍しい店だった。

昊洸の仕事はほとんどが裏方と雑用だが、一応黒タイに黒エプロンのギャルソンの制服を着て客席の灰皿を替えたりもする。

もちろん水商売の店でバイトを始めたなどと報告したら、辞めろと言われるのが目に見えているので蛍一には内緒にしていたのだが、どういうわけか敵は既に察知していたので驚いた。

「大体さ、なんでバイトのこと知ってるんだよ? 蛍一、俺に尾行とかつけてるんじゃないの?」

イヤミったらしく言ってやると、フライパンを返しながら蛍一が不敵な笑みを浮かべる。

「おまえの動きはすべてお見通しだ。せいぜい行動に注意するんだな」

「俺の鞄《かばん》にGPSとか仕込んでんじゃないだろうな。あ〜きもっ！」

「文句言ってないで、テーブルに運べ。できたぞ」

「へいへい」

キッチンにはガーリックとバターのいい香りが立ちこめていたので、育ち盛りの昊洸の腹はそれに刺激されてぐぅ、と鳴る。

なので、唇を尖らせつつも、いそいそと出来上がった料理を運ぶのを手伝った。

本日のメニューはイタリアンでまとめたらしく、リコッタチーズや生ハムを盛り合わせた前菜と、たくさんの緑黄色野菜が入ったサラダに魚介たっぷりのアクアパッツァ、そして分厚い豚肉のローストだ。

トマトとオリーブオイルで煮込んだ魚介を味わった後、残ったスープにフォカッチャを浸して食べるのがまた絶品で、昊洸は息を継ぐのも忘れて頬張った。

「慌てなくてもたくさんあるから、落ち着いて食べなさい」

「ふぁかっへるひょ」

「口に物を入れたまま喋《しゃべ》るな」

口ではそう言いながらも、自分の作った料理を夢中で食べる昊洸を眺める蛍一は、ひどく嬉しげだ。

そんなに優しい眼差《まなざ》しで、見つめないでほしい。

蛍一が自分を弟としてしか見ていないとわかっていても、つい勘違いしてしまいそうになってしまうから。

そんな思いを、昊洸は食べ物と共に飲み下した。

食べながらふとリビングを見ると、テーブルの上には届いたばかりらしい単行本が数冊積み上げられている。

表紙のタイトルは『デキる男の経営学』。

表紙にかけられた帯には『前作十万部！　二十八歳、イケメン御曹司《おんぞうし》が語る不動産業界の裏話とは⁉』というあおりと共に蛍一の写真が大きく載せられている。

「ついに顔出ししちゃったんだ」

「あぁ、本を売るためだと押し切られてな。なぜ顔出しすると本が売れるのか、いまだによくわからんが」

と、蛍一はこともなげに言う。

――そんなの、決まってるじゃん。蛍一がいい男だからだよ。

どういった経緯があったのか知らないが、蛍一が初のビジネス本を出版したのは、つい数ヶ月ほど前のことだったが、その本はかなり売れたらしい。

ものすごく読みたくて気になって仕方がない昊洸だったが、我慢して読まなかった。

だが、今回は顔出ししたとなると、今後さらに女性読者が増えるのは確実だろう。

そう知ると、心穏やかではいられなかった。

「読むなら、持っていっていいぞ。余って仕方ないんだ」

「そ、そう？　なら暇潰しにもらってこうかな」

本当は喉《のど》から手が出るほど欲しかったくせに、わざとそんな言い方をしてしまう素直でない昊洸だった。


「やっべ、社会学の小テスト今日だったたっけ？　忘れてた～」

五限の講義が終わり、教室を出ると、高橋が声を上げる。

「昊洸、ノート見せて」

「またかよ」

しょうがない奴だな、と苦笑しながら昊洸はロッカーにつけてある小さな錠前の鍵を開ける。

が、扉が開き、なんとなく違和感があった。

「……あれ？」

なぜかと理由を考え、昨日脱いで入れておいたはずのパーカーがなくなっていたことに気づく。

「どうした？」

「いや、昨日パーカー置いて帰ったんだけど、ないんだ」

「え～勘違いじゃね？　家の洗濯機の中とかかもしれないぜ」

「そうかな……」

確かに入れたはずなんだが、と首を傾《かし》げつつも、ないものは仕方がないのでノートを取り出し、高橋に渡す。

おかしいなとは思いながら、昊洸は小テストに気を取られ、そのことをすぐに忘れてしまった。

友人達と別れ、帰り道にある書店に立ち寄る。

蛍一からもらった本は、読み始めたら止まらず、睡眠時間を削ってすぐ読み終えてしまった。

そして、難しい経営学を素人にもわかりやすく噛《か》み砕いた軽妙な語り口に、さすがは蛍一だと尊敬する。

そうなると、もう前の処女作も読みたくてたまらなくなり、目当ての本を買うと急いで一度アパートへ戻る。

すると、たまたま家の前を掃除していた大家が昊洸を呼び止めた。

「あ、昊洸くん、お帰り」

「こんにちは、いつもお世話になってます」

アパートの隣に住んでいる初老の大家とはよく会うので、昊洸もお辞儀してそう挨拶《あいさつ》する。

「またお兄さんに、いろいろいただいちゃったよ。それで、昊洸くんにも荷物届いてて、預かってるんだけど」

「……またですか？」

と、昊洸の表情が曇る。

蛍一は『昊洸がお世話になっているので』と、度々高級フルーツや贈答品を送ってくるらしいのだ。

昊洸がほとんど部屋にいないのを見越して、こうして大家のところに昊洸宛《あて》の荷物を一緒に送り、手渡してもらうよう仕向けてくる。

どこまでもそつのない兄に、昊洸はため息をついた。

「いつも悪いねぇ。昊洸くんからもよくお礼言っておいてね」

「……はい」

蛍一のお陰か、大家はことのほか昊洸に優しい。

昊洸は大家の家に立ち寄り、ずしっと重い段ボール箱を受け取った。

開けなくても、中身の推測はついている。

大量の栄養補助ゼリーや野菜ジュース、その他諸々《もろもろ》だ。

忙しすぎてどうしても寝坊することが多く、朝食抜きで部屋を飛び出しているのを見越して、せめて野菜ジュースだけでも飲むようにと送ってくるのだ。

「ほんとにもう、過保護すぎなんだよ……」

キッチンの隅に積み上げられた、前の荷物の中身もまだ消費しきれていない。

それらを眺め、昊洸はため息をついた。

本心を言えば、彼に気にかけてもらえるのは嬉《うれ》しい。

こうして物を送ってくれたりする時は、自分のことを考えてくれているのだとわかるから。

だが、それは本当の意味で昊洸が欲しいものではなかった。

鞄から、買ってきたばかりの本を取り出し、昊洸はじっとそれを見つめる。

——俺が欲しいのは……兄弟としての愛情じゃない。

蛍一に、弟として庇護されるのではなく、一人の人間として見てほしい。

そして……恋人として愛してほしい。

無意識のうちにそこまで考え、昊洸は慌ててそれを振り払う。

そんなこと、許されるはずがない。

第一、蛍一には常に女性の影が見え隠れしているのに、男の、しかも血が繋《つな》がっていないとはいえ弟の自分に、万に一つも勝ち目などあるはずがないではないか。

彼を求める気持ちと、この想いを断ち切らねばという相反する思いに引き裂かれそうになり、つい蛍一にそっけなく接してしまう。

それでも蛍一を求めてしまう自分の欲深さに、昊洸は自己嫌悪に陥った。


新宿の繁華街の一角にある、会員制高級バー「クロッシング・ムーン」。

外観は茶を基調としたシックなたたずまいで、看板も小さなものが一つあるだけで、ぱっと見はなんの店かわからない。

入り口扉の脇《わき》にはインターフォンが設置されていて、そこで名乗って初めて中に入れるシステムだ。

料金設定もハイクラス向けな上、会員も招待制で身元の確かなセレブがほとんどである。

そのお陰で客もそれなりに品がよく、酔客に絡まれたりというトラブルも少ないのでキャストにとってとても働きやすい。

「おはようございます！」

夕方、いつものように店の裏口から出勤した昊洸は元気よく挨拶し、狭いロッカーで黒のギャルソン服に着替えた。

慌ただしく開店前の準備に追われていると、次々と美しいドレスや和服で着飾ったキャスト達が出勤してくる。

この店のニューハーフはいずれも美人揃いで、かなりレベルが高い。

「おはよ、昊洸くん。今日も可愛《かわい》いわね」

中でも昊洸を気に入っている二十代後半のマリアンが、いつも通り声をかけてくる。

以前は地味な公務員だったらしいが、ある日突然自らの性癖を自覚し、夜の仕事に飛び込んできたという逸話の持ち主だ。

いつも巻き髪が完璧なマリアンは女性かと見紛《みまご》うほどの美形で、入店三年目にして、店のナンバーワンの座をキープしている売れっ子だった。

「本日ご予約のお客様は接待が多いので、くれぐれも粗相のないようお願いします。それと林様《はやし》からのご紹介で、新規のお客様がお一人いらっしゃいますので」

朝礼で、いつものようにマネージャーからの申し送りがあり、いよいよ開店だ。

この日は金曜の夜ということもあってか、八時を過ぎた頃になると、店はほぼ満席の盛況だった。

最初は裏方で皿洗いが主な仕事だった昊洸だが、よく働く上に礼儀正しく、客からも評判がいいので、最近ではフロアを任されることが多くなった。

この日も、頃合いを見てさりげなく各テーブルの灰皿を替えて回り、入店してくる客達を席へと案内する。

「田中《たなか》様、本日はお越しくださいまして、ありがとうございました」

「いつもありがとう。これ、取っといて」

常連客の初老の男性を、帰り際に店の外まで送ると、さりげなく一万円札を握らせてくれる。

この店では客からのチップは本人がもらっていいことになっているので、昊洸にとっては非常にありがたい副収入だった。

「いつもすみません、ありがとうございます」

客がタクシーに乗り込み、走り去るまで見送ってから店へ戻ろうとすると、入れ違いにタクシーが滑り込んでくる。

店の客なら、このまま出迎えようと、極上の笑顔で待っていると。

後部座席から降り立ったのは、いやというほど見覚えのある人物だった。

「け、蛍一⁉」

三つ揃いのスーツ姿の蛍一は、メタルフレームの眼鏡の奥から昊洸を無感情な瞳で一瞥《いちべつ》する。

「今度はこんな店で夜のバイトか。また私に無断で決めたな」

「な、なんでいちいち蛍一に許可もらわないといけないんだよ」

「まぁいい、とりあえず中へ入るぞ」

「ふふ～んだ、残念でした！　うちは会員制で、一見《いちげん》さんは入れないんだよ」

鬼の首でも取ったかのようにそう言ってやったが、蛍一は眉《まゆ》一つ動かさず、店の入り口へ進み、インターフォンを押した。

「ちょ、ちょっと？」

「予約した洲崎ですが」

『いらっしゃいませ、どうぞお入りください』

あっさり施錠が解かれ、蛍一があっけにとられている昊洸を振り返る。

「知人の社長が会員でな。紹介してもらった」

「……!!」

「なにをしている。俺は客だぞ。さっさと席へ案内しろ」

――け、蛍一め～！

先に立って店内へ入っていってしまう蛍一に、昊洸はぎりぎりと歯嚙みする。

「……一名様、ご案内です」

空いている席へ案内し、「俺が弟だってことは絶対に……」言うなよ、と念押しするより先に、マリアンや店の売れっ子数人が大挙して押し寄せる。

「いらっしゃいませ、あらぁ！　こんなイケメンのお客様、久々に見ましたわ。う～ん、目の保養♡」

「初めまして、昊洸の兄です。弟がいつもお世話になっております」

蛍一は礼儀正しく立ち上がって挨拶し、如才ない笑顔で彼女達に名刺を配った。

「え、昊洸くんのお兄さんなの？」

「んまぁ、この若さで洲崎不動産会社取締役専務!?」

「こんなイケメンのお兄さんがいらしたなんて、驚きね」

と、マリアン達は大騒ぎだ。

――くそっ、遅かったか……！

盛り上がる場をよそに、傍らに立ち尽くした昊洸は一人絶望に打ちひしがれる。

なにせ予約客なので、一従業員の自分が追い出すこともできない。

それから蛍一は、一本三十万もする高級ボトルを入れ、テーブルは大いに盛り上がっていた。

ボーイの仕事があるので、店中移動している昊洸は、蛍一がなにを話しているのか内心気が気ではない。

じりじりしながら蛍一の様子をちらちら窺《うかが》い、待つこと約一時間。

蛍一がチェックを申し出たので、昊洸は飛んでいって会計をすませた。

「昊洸くん、お兄さんとすっごく盛り上がっちゃった。ボトル入れていただいたから」

「また寄らせていただきます。昊洸がご迷惑をおかけすると思いますが、よろしくお願いします」

「いえいえ、こちらこそ」

どこまでも理知的で品のいい蛍一に、テーブルについていたマリアン達はもうメロメロだ。

「本日はお越しいただき、ありがとうございました！」

ほとんど連行する勢いで蛍一を外へ連れ出し、昊洸はキッと彼を睨《にら》みつけた。

「ボトルなんか入れて、どうするつもりだよ？　もう絶対来るなよな！」

「おまえがどこでバイトするのも自由なら、私がどこで飲もうが自由だと思うが？」

完全に自分をからかって楽しんでいる蛍一に、昊洸はむぅっとむくれた。

「俺の邪魔するのが、そんなに面白いのかよ？」

すると蛍一も真顔になり、じっと昊洸を見つめてくる。

「な、なんだよ？」

「……別に、なんでもない。風邪をひくなよ。おまえはすぐ腹を出して寝るからな」

「小学生の時の話、持ち出すなよ！」

激しく突っ込みを入れた時、タクシーが通りかかり、蛍一はあっさりそれに乗って走り去ってしまった。

きっと会社に戻るのだろう。

彼がほとんど酒を飲まず、店の子達にふるまっていたのを、昊洸はちゃんと見ていた。

忙しい合間を縫ってまで、なぜ彼はこんなところまで来るのだろう。

「……ったくもう！」

がしがしと頭を掻《か》き回し、昊洸は急いで店内へ戻った。

夜のバイトをしているので、必然的に睡眠時間は短くなり、朝はぎりぎりまで寝坊してしまう。

翌朝も目覚まし時計を止めてしまい、跳び起きた昊洸は蛍一にもらった栄養ゼリーをくわえ、駅まで走って大学へ急いだ。

なんとか間に合い、空腹を抱えながらひたすら昼を待つ。

カフェテリアで高橋達と落ち合い、待望のランチにありつけた。

この大学のカフェテリアは、値段が安い上に日替わりランチはごはん大盛り無料なので、迷わず大盛りを頼む。

が、ゆうべのことを思い出すと、ついため息が漏れた。

「なにシケた顔してんだよ？」

「……バイト先に、蛍一《まさ》が来た」

「マジかよ？　聞きしに勝るブラコンっぷりだな、おまえの兄貴」

野中と共にカウンターの職員に食券を渡し、それぞれ定食をトレイに載せる。

先に席を確保しておいてくれた高橋の分も運び、三人で食べ始めようとした。

すると。

「あ、小早川《こばやかわ》だ」

野中が気づいて、顔を上げる。

見ると、定食の載ったトレイを手にした青年がこちらにやってくるのが見えた。

年の頃は、三十歳前後といったところか。

長身でスタイルもよく、明るくカラーリングされた髪に整った顔立ちは、まるで絵本の世界から抜け出してきた王子様のようだ。

昊洸達も社会学の講義を受けている、大学の講師だ。

「きゃ、小早川先生よ」

「格好いい〜！」

近くの席の女子学生達が、小声で囁《ささや》くのが聞こえてくる。

「あの人がいると、女子がざわつくからすぐわかるよな」

「うらやまし〜。俺もあれくらいモテてみたいよ」

と、高橋と野中が苦笑交じりにぼやく。

ちょうどランチ時だったのでカフェテリアは混《こ》んでいて、空いている席が少なく、トレイを手にした小早川に女子学生達が一緒に食べようと声をかけている。

が、小早川は昊洸達に気づき、彼らのいるテーブルにやってきた。

「やぁ、混んでるから交ぜてもらっていいかな？」

「いいっすけど、女子達に呼ばれてるのにいいんですか？」

と、高橋が茶化《ちゃか》すと、小早川は苦笑した。

「あっちだと落ち着いて食べられないからね」

「くぅ〜っ！　そんなセリフ、一度でいいから言ってみてぇ！」

「もはやイヤミっすよ、先生」

「はは、講師をからかうんじゃない」

笑いながら言って、小早川は三人の輪に加わってランチを食べ始めた。

「あれ、洲崎。なんだか元気がないな。なにか悩みごとか？」

「……いえ、大丈夫です」

そう誤魔化《ごまか》そうとしたが、お調子者で口の軽い野中が「聞いてくださいよ。こいつ、すごいブラコンの兄貴に悩まされてるんですよ」などと、その場のノリでぺらぺらと話してしまう。

「なるほど。弟が心配でつい口を出したくなる気持ちはわからなくもないが、洲崎ももう成人しているんだし、自由は認めてほしいところだよな」

「そ、そうなんですよ。なのに俺の話なんか、ぜんぜん聞いてくれなくて」

思いがけず小早川に理解してもらえ、嬉しくなった昊洸は勢い込んで話し出す。

「でも、いいお兄さんじゃないか」

「過保護で息が詰まるんです。……それに、本当の兄じゃないし」

話の流れで、昊洸は自分が義理の両親に育ててもらったから早く自立したかった理由を小早川に説明した。

「そういう事情だったのか。でも洲崎はちゃんと自活していて偉いな。引き取ってくださった今のご両親もきっと鼻が高いだろう。なにか困ったことがあったら、僕でよければ相談に乗るから、いつでも声かけてくれ」

「あ、ありがとうございます」

品のいい所作でランチを平らげた小早川は「それじゃお先に」と颯爽《さっそう》とカフェテリアを後にした。

「小早川、もはや嫉妬《しっと》できないレベルのイケメンじゃね？」

「だよなぁ。昊洸の事情を聞いて相談役買って出たし、講師の鑑《かがみ》だな」

と、野中と高橋がしきりに感心している。

「せっかくああ言ってくれてるんだし、兄貴に言いづらいことは相談に乗ってもらえよ」

「うん、そうだね」

一人でも理解者が増えるのは、心の支えになる。

昊洸も笑顔で頷《うなず》いた。


そして、数日後。

パーカーをなくしたことなどすっかり忘れていた昊洸は、登校してロッカーの鍵を開け、思わず動きを止めた。

ロッカーの中に置いてあった教科書の上に、なぜかティッシュの塊が置かれている。

もちろん、昊洸が置いた覚えのないものだ。

「なんだ、これ……？」

「なに？　どうした？」

思わず呟くと、脇から覗《のぞ》き込んできた高橋が、ひょいとティッシュを引っ張り出した。

すると、中からなにか転がり出て、足元にぽとりと落ちる。

現物を見ても、それがなんなのか昊洸にはよくわからなかった。

「うっわ！　マジかよ！」

すると、高橋が大袈裟《おおげさ》な悲鳴を上げて飛びすさる。

「これ、使用済みコンドームじゃんか！」

「え……？」

言われてみれば、サック状のゴムの中に白濁した液体が入っていて、その口がねじって留められている。

「おまえ、なんてもんロッカーに入れてんだよ」

慌てた昊洸は周りの学生達に気づかれないように急いでそれをティッシュに包んで拾い、近くにあったゴミ箱に放り込む。

高橋は大騒ぎしながら、近くのトイレに駆け込み、手を洗って戻ってきた。

「お、俺のじゃないよ！　あんなもの、大学に持ってくるわけないだろ」

必死で否定すると、友人二人はそれもそうか、という顔をする。

「んじゃ、誰が入れたんだ？　ロッカーには鍵かけてたんだろ？」

「うん……」

昊洸が小さい鍵を見せると、高橋がその鍵穴を確認した。

「あ、鍵穴に針金かなんか突っ込んで開けたみたいな傷があるぜ」

「マジかよ？」

言われるまで気づかず、昊洸も覗いてみるが、確かに鍵穴周辺に細かい傷がいくつもついていた。

「こういう鍵って、案外簡単に開くんだぜ。別の鍵に替えた方がいいって」

「そうだね……」

なにも考えず、たまたま家にあった簡易的な鍵を使っていたのだが、それがよくなかったのかもしれない。

「そういや、パーカーもなくなったって言ってたよな。でもきもいな。なんで男の昊洸があんなもん入れられるんだ？」

と、高橋。

「まさかストーカーとか？　昊洸、おまえ心当たりないのか？」

「あ、あるわけないだろ」

本当にまったく心当たりなどなかったので、昊洸は慌てて首を横に振る。

――なんで？　いったい誰がこんなこと……。

いくら考えてもわからない。

大学には可愛らしい女の子が山ほどいるというのに、なぜよりによって男の自分がこんな目に遭わされるのかさっぱり理解できなかった。


ロッカー荒らしのせいですっかり気分が憂鬱になったまま、昊洸は店へ出勤する。

「おはようございます」

いつものように着替えようとロッカーに手をかけ、まさかここには入ってないよな、と一瞬躊躇《ちゅうちょ》する。

バイト先のロッカーには鍵がかかっていないので、恐る恐る扉を開けてみたが、幸いなにもなかったのでほっとした。

考えすぎかな、と苦笑しつつ着ていたジャケットを脱ぐと、なぜか血相を変えたマリアンが駆け込んでくる。

「ちょ、ちょっと、大変なのよ、昊洸くん！　もうどうしよう」

「なにかあったんですか？」

あまりの慌てように、昊洸も驚いていると、マリアンは叫んだ。

「昨日、美夕《みゆ》達四人と海鮮居酒屋に行ったのよ。そこで生牡蠣《なまがき》食べたらあたっちゃったの。四人ともそのまま入院よ」

「ええっ⁉」

とりあえず落ち着かせたマリアンから詳しく話を聞くと、四人は近くにある総合病院に入院しており、マリアンはたまたま生牡蠣が苦手で食べなかったため難を逃れたらしい。

病院から取るものもとりあえずオーナーに連絡を入れたらしいが、店の主力メンバーが四人同時に店に出られなくなった事態に、オーナーも頭を抱えているという。

「皆の具合はどうなんですか？」

「ゆうべは嘔吐《おうと》と下痢《げり》がひどかったけど、今は薬で落ち着いたみたい。でも三、四日は入院ですって」

「そうですか、よかった」

幸い、重篤な病状ではないようなのでとりあえずほっとするが、問題はその間の代打のキャスト探しだ。

「なんとか二人、今日休みの子が代わりに出てくれることになったんだけど、最低でもあと一人いないと店が回らないの。昊洸くん、なんとかしてくれない？」

「手伝いたいのは山々ですけど、俺は店以外でニューハーフの知り合いはいないです」

「そういう意味じゃないのよ」

言いながら、マリアンは入院中の美夕のロッカーを勝手に開け、中のドレスを漁《あさ》り始めた。

「あった！　これなんかサイズぴったりじゃないかしら」

などと独り言を呟きながら、深紅のチャイナドレスを取り出し、なぜか昊洸の胸元に当ててくる。

「あの……マリアンさん？」

「昊洸くんなら美夕と同じくらいのサイズだから、ぜひ使ってって伝言よ。お願い！　今日一日だけでいいから、ピンチヒッターでお店に出てちょうだい！」

思いもよらない展開に、昊洸は仰天した。

「えええっ⁉　む、無理ですよ。俺、女装なんてしたことないし」

「メイクは私がやってあげるから大丈夫。前々から、昊洸くんは絶対女装が似合うわよねって皆で太鼓判押してたんだから」

「そ、そんな太鼓判押されても困りますよ。とにかく、無理ですからっ」

必死に断る昊洸に、マリアンはいったん言葉を切り、おもむろに告げる。

「オーナーが、緊急事態だからいつもの時給の倍出すって言ってたけど」

「……⁉」

その言葉で、昊洸の耳がぴくりと反応し。

「昊洸くんもチップもらってるけど、キャストのチップはその何倍ももらえる可能性もあるんだけどなぁ」

次の言葉がトドメとなり、昊洸はきりっといい顔で返事する。

「やります」

「あ〜ん、昊洸くんなら、きっとそう言ってくれると思ってたわぁ」

と、思わず報酬に目が眩《くら》んで了承してしまった昊洸だったが、即座にメイク台に座らされ、三分後には早くも後悔しかけていた。

「まぁ、お肌つるつるだから、お化粧のノリがいいわねぇ。妬《や》けちゃうわ」

マリアンは手慣れた所作で、化粧水やらクリームやらを昊洸の顔に塗りたくり、下地を整えるとファンデーションを伸ばしていく。

「いったい、何層塗るんですか？」

「もう少しだから我慢して。美しくなるには手間と努力を惜しんじゃいけないのよ」

「……はい」

そのうち皮膚呼吸できなくなるんじゃないかな、と心配しているうちに、ビューラーとやらで睫《まつげ》を引っ張られ、涙が出そうになる。

「昊洸くんは素材がいいから、ナチュラルメイクでいいわね。グロスもベビーピンクにしちゃおうっと！」

「俺の顔で遊ばないでくださいよ、マリアンさん」

「だって、楽しいんだもの」

マリアン曰《いわ》く、昊洸はメイク映えする顔立ちなのでやり甲斐《がい》があるらしい。

普段無造作に伸ばしている髪も綺麗《きれい》にまとめてくれて、大きな花飾りをつけてくれると、それだけで華やかな印象になる。

「はい、完成！　もう時間ないから、急いで着替えて。ストッキングは私の買い置きあげるから」

「すみません」

マリアンに着方を教わり、借り物のブラジャーにパットを詰めて、なんとかストッキングとチャイナドレスを身にまとう。

シルク素材のドレスはちょっと引っかけたらすぐ破れてしまいそうで、おっかなびっくりなんとか着替えをすませた。

仕上げに美夕のハイヒールを履き、控室の姿見の前に立った昊洸は、鏡の中の自分を見て思わず息を呑《の》む。

「マリアンさん、すごい！　なにをどうやったんですか？　ほんとに女の人みたいだ」

「なに驚いてるのよ。普段私達の化けっぷりよく見てるくせに。昊洸くんは元が美形だから、大していじってないわよ」

口ではそう言いながら、マリアンも自分の手腕に満足げだ。

「毎日見てるから、キャストの仕事はだいたいわかってるわよね？」

「はい、頑張ります！」

すべては倍の時給のために！

ぐっと握り拳《こぶし》をつくった昊洸は、その美貌とは裏腹に気合を込めた返事をした。

そして、いよいよ店でのデビューだ。

昊洸は内心ドキドキしながら、慣れないハイヒールで慎重に店の廊下を歩く。

「もっと内股《うちまた》で色っぽく歩いて」

「は、はい」

前を歩くマリアンを真似て、腰をくねらせ気味にしゃなりしゃなりと歩いてみる。

これがけっこう難しい。

「お待たせしましたぁ」

「お、今日は新顔がいるね。すごく綺麗な子じゃないか」

「は、初めまして、光《ひかり》です。よろしくお願いします」

源氏名は、本名の昊洸から取って光としておく。

とりあえず、まず最初はマリアンのヘルプとして彼女の常連客のテーブルに着かせてもらう。

大手商社マンの送迎会の二次会だという、中年男性三人組の客は、大いに盛り上がった。

「光ちゃんは年いくつ？」

「あの、二十一歳です」

「こんな可愛い子、どこから見つけてきたんだよ、マリアン」

「内緒よ。私の秘蔵っ子なんだから、口説《くど》いたりしたら承知しないわよ～」

客あしらいのうまいマリアンのお陰で、なんとか大きなミスを犯すこともなく最初の客を見送ってほっとする。

「その調子よ。今日デビューとは思えない出来ね」

マリアンにもそう褒めてもらえるが、初勤務の昊洸はなかなか緊張が解けなくてガチガチだ。

「もう、ミスしないようにするのに精一杯ですよ」

客のグラスが空いていないか、煙草《たばこ》を取り出さないか、キャストは常にテーブル全体に神経を張りめぐらせなければならない。

キャストとして働くのは初めてだが、いずれも接客業の難しさと大変さを思い知る昊洸だ。

いくつかテーブルを回り、少しでも色っぽく見えるように、ほかのキャストの身振り手振りを観察し、真似してみたりと工夫する。

時間が経《た》つにつれ、だんだんと緊張も解《ほぐ》れてきた頃、昊洸の元へやってきたボーイが「光さん、ご指名です」と耳打ちしてきた。

「え？　俺？」

なにせ突然だったので、宣材写真もないのになぜ指名されるのだろうと訝しみつつ、着いていたテーブル客に中座の失礼を詫《わ》び、指名客の元へ向かう。

「本日はご指名いただきまして、ありがとうございます。光です」

そう挨拶し、深々と下げた頭を上げ、テーブルの客を見ると……。

「げっ！」

昊洸の喉から、美しい装いとは実に不似合いな声が漏れてしまう。

ソファー席にゆったりと座り、長い足を組んで悠然と微笑んでいたのは、なんと蛍一だったのだ。

「やぁ、初めまして。ふらりと立ち寄ってみたら、あまりに可愛らしい子が店に出ていたので指名させていただきました」

「け、蛍一……」

「実に奇遇なんですが、私の弟に瓜二《うり》つといっていいくらいそっくりなので驚きましたよ。しかし弟はボーイとして働いているはずですので、まさかキャストとして店に出たりはしていないですよね。いやはや、世の中には他人の空似《そらに》というのがあるものだ」

にこやかに語りながらも、メタルフレームの眼鏡の奥の瞳は少しも笑っていない。

蛍一が相当怒っているのはわかっていたが、昊洸も負けてはいない。

「……いい加減、皮肉はやめろよな。こないだ来たばっかなのに、なんでまた来てるんだよ」

「いつ飲みに来ようが私の勝手だ。先日ボーイだった弟が、突然キャストになっているのを見た私の驚きがわかるか？　いったいなにをやってるんだ、おまえは」

「……キャストが食中毒になっちゃって、店が回らないんだよ。ピンチヒッターなんだから、四《し》の五《ご》の言うなよな！」

さっさと帰れよ、と呟くと、「俺は客だぞ。客に向かってその態度はなんだ」と一蹴《いっしゅう》される。

「ボーイでもけしからんと思っていたが、キャストとして働くなんて問題外だ。今すぐバイトは辞めろ」

「はぁ？　そんな無責任なこと、できるわけないだろ。バッカじゃねぇの？」

こうなったら、さっさと酔い潰《つぶ》して帰してしまおうと、昊洸はグラスにどぼどぼとウィスキーを投入し、濃い水割りを作って蛍一の前にどんと置いてやった。

「光スペシャルです。どうぞ召し上がれ！」

腹いせににっこりしてやると、蛍一はそのグラスを取り、一息に飲み干した。

そして、「ずいぶんと薄い水割りだな」と一言。

――ムカつく！

そういえば、蛍一は酒に強かったっけ、と昊洸は臍《ほぞ》を噛む。

しばし睨み合いが続き、二人の間に見えない火花が散る。

「帰れってば」

「断る」

「営業妨害だろ！」

「私は客としておまえを指名している。それのどこが営業妨害なんだ？　なんならもう一本ボトルを入れてやるぞ」

フルーツの盛り合わせでも頼むか？　と挑発され、昊洸はキッと蛍一を睨みつけた。

「そうやって、いちいち俺のやること邪魔すんのが、そんなに面白いのかよ？」

「私も暇ではない。おまえが最初から大人しく言うことを聞いていればいいだけの話なんだがな」

「そういうのが横暴だって言ってるんだよ！　いったいなんの権利があって、俺に干渉するんだよ⁉　俺のこと……見捨てて家を出たくせに……！」

売り言葉に買い言葉で、今まで押し隠してきた本音がぽろりと漏れてしまい、昊洸ははっとする。

蛍一の方も、普段は眼鏡の奥に隠している、滅多に見せない動揺をわずかに覗かせ、目線を逸《そ》らしている。

「……そんなふうに思っていたのか」

「……」

テーブルに気まずい沈黙が流れ、蛍一が無言で空になったグラスをコースターごと押し出す。

あ、そうか、と昊洸が今度は普通の濃さで二杯目を作って差し出すと、蛍一はそれも一息に飲み干した。

「……身体に悪い飲み方するなよ」

小声で言ってみたが、蛍一は無言だ。

自分の発言がそんなにショックだったのだろうかと、昊洸は罪悪感に駆られ、俯《うつむ》いて膝《ひざ》の上のポーチをぎゅっと握りしめる。

まるでお通夜のような雰囲気に、通りすがりのボーイが大丈夫かという視線を送ってきたが、蛍一がほかのキャストは不要と伝えてあるのか、彼らのテーブルには誰も近づいてはこなかった。

「……何日だ」

長い沈黙の末、ようやく蛍一が口を開く。

「え？」

「あと何日、キャストをやらなきゃいけない？」

「えっと……最低三日は入院って言ってたから、復帰するまでの今週いっぱいくらいかな」

つい素直に答えてしまうと、蛍一は昊洸を見つめて言った。

「わかった。今週は毎日来る。そして開店から閉店までずっと、おまえを指名し続ける。それで妥協しよう」

その発言に、昊洸は心底あきれてしまった。

「はぁ？　それのどこが妥協なんだよ。本気で言ってんの？」

「私はいつだって本気だ」

「そんなことしたら、めっちゃ金かかるだろ」

「問題ない」

「こっちは大ありなんだってば！」

思わず声が高くなると、また蛍一がコースターを押し出してきたので、昊洸はやむなく三杯目を作る。

彼の身体を考え、今度はつい薄めに作ってしまうところが、自分の甘いところだと思う。

店内は賑《にぎ》わい、二人のテーブルだけは静寂に包まれていたが、それでもなんだか蛍一と二人だけの空間が少し心地いい。

すると蛍一が「なにか巧みな話術で面白い話題を提供してくれるんじゃないのか」と無茶《むちゃ》ぶりをしてきた。

が、確かにそれがキャストの仕事なので、昊洸は腕組みし、なにを話そうかと思案する。

「えっと、今日の世界情勢とか？」

蛍一は毎朝、五紙ほど新聞に目を通す習慣があるので、そう言ってみたが、「つまらん」の一言で却下されてしまう。

「なら、どんな話題がいいんですか？　お客さん」

イヤミったらしく言ってやると、蛍一はなぜか不敵な笑みを浮かべた。

「夜の面白い話ときたら、色っぽい話と相場は決まっている。光さんには彼氏はいるのか？」

「な……っ」

いきなりなにを言い出すのか、と昊洸は絶句する。

「初恋は何歳の時だ？　好みのタイプは？」

うまく躱《かわ》せないのか？　とからかうように、蛍一は完全に昊洸の困惑を楽しんでいた。

――くっそ～！　蛍一の奴。

負けん気の強い昊洸は、負けてたまるかと奮起し、にっこり優雅な笑みを返す。

「それが、私には兄がいて、その人が常軌を逸した過保護なんです。それで恋人をつくることも、自由にバイトをすることもできないんですよ。過保護を通り越した監視レベルで、もうほんとに困っているんです。どうしたらいいと思われます？」

これでどうだ、言ってやったぜとばかりのドヤ顔で蛍一を睥睨《へいげい》してやるが、三杯目の水割りはゆっくりと楽しんでいる彼は平然としたものだ。

「お兄さんはきっと、危なっかしいきみの身を案じているのだろう。いいお兄さんじゃないか。お兄さんの言うことを聞いておけば間違いないと思うが？」

いけしゃあしゃあと言われ、へこませてやると勢い込んでいた昊洸は、完全にアテが外れてむうっとむくれた。

すると蛍一が真顔に戻り、声のトーンを変える。

「父さんも母さんも、おまえのことをいつも心配している。もっと顔を見せてやってくれ」

「……わかってるよ」

最近バイトにかまけて、実家に寄っていないのをひそかに気にしていた昊洸は、痛いところをつかれて俯く。

「おまえは迷惑をかけたくないという気持ちなんだろうが、あの人達はむしろ目いっぱい迷惑をかけてほしい、頼ってほしいと思っている。それは私も同じだ」

「……蛍一」

彼が思いがけないことを言い出したので、昊洸は驚いて彼を見つめた。

照れくさいのか、蛍一の方は故意に視線を合わせようとはせず、通りかかったボーイにフルーツの盛り合わせを注文した。

昊洸がフルーツが好物なのを知っているからだ。

――なんだよ、俺はあんたの横暴に怒ってるんだからな？　ちょっと優しくしたからって、許してなんかやらないんだからな？

そんなふうに虚勢を張ってみても、蛍一の言葉は嬉しく、現金にも今までの憤りも吹き飛んでしまう。

もじもじしているとフルーツの盛り合わせがテーブルに届き、蛍一が「食べなさい」と勧めてきたので、言われるままに好物のマンゴーを頬張る。

それからはほとんど会話らしい会話もなく、昊洸はフルーツを食べ続け、閉店間際まで粘った蛍一は「明日も来るからな」と昊洸の指名予約を入れて帰っていったのだった。

「で？　結局初日から兄貴にバレちゃったのか」

「まぁ、そういうこと」

「おまえの兄貴の嗅覚《きゅうかく》、ハンパねぇな」

翌日、大学で高橋達に昨晩の顛末《てんまつ》を話すと、二人は人の気も知らずに大いにウケた。

「いくら女装するからって、俺が女の子になるわけじゃないのに、いったいなにがそんなに心配なんだか理解できないよ」

「いや、俺は兄貴の気持ち、なんとなくわかるなぁ。昊洸はそこいらの女よか可愛いし」

「あ、それわかる」

「なんだよ、それ」

苦笑しながら、昊洸はロッカーの鍵を取り出す。

「え、ひょっとして、まだ鍵替えてないのか？」

「あ〜なかなか買いに行く暇なくて」

「マジかよ、おまえヘンなとこで度胸あるな。またアレ入ってたらどうすんだよ？」

言われてようやく、先日のコンドーム事件を思い出す。

キャストのピンチヒッターやらなにやらでバタついていたので、すっかり忘れていたのだ。

「大丈夫だって。ただのいたずらかなんかだろ」

言いながら、ロッカーの扉を開けると、教科書の上にまたティッシュの包みが置かれていたので、昊洸の表情から笑顔が消える。

「げ……！」

「ほら見ろ！　やっぱ入ってたじゃんか」

高橋達が騒ぎ、昊洸は恐る恐る中身を確認し、先日と同じものだとわかると急いでゴミ箱に捨てる。

「それ、やばいって。絶対ストーカーかなんかだって」

「兄貴に相談したのか？」

「……こんなこと、言えるわけないだろ」

言ったら最後、うむを言わせずアパートを引き払わせ、自宅に連れ戻されるに決まっている。

蛍一にだけは絶対に言えない、と昊洸は思った。

「でも、このままじゃまずいだろ。またやられるかもしれないし、そのうちエスカレートして、昊洸になんかしてくるかもしれないだろ」

「そこまではない……と思うけど……」

「そうだ、小早川に相談してみれば？　こないだ、なんでも相談に乗ってくれるって言ってたじゃん？」

高橋が、突然名案を思いついたとばかりに言った、その時。

「僕がどうかしたのかい？」

噂をすればなんとやらで、廊下を通りかかった小早川が、彼らの会話を小耳に挟んだのか、そう声をかけてきた。

「あ、先生！　聞いてよ。昊洸がさ～」

と、高橋がコトの顚末を手短に説明する。

すると、小早川はゴミ箱を覗いて現物を確認し、眉間《みけん》に皺《しわ》を寄せて深刻な表情になった。

「ううむ、それは心配だな。今は男だから安全っていう時代じゃないからね」

「脅かさないでよ、先生。こんなの性質《たち》の悪いいたずらかもしれないし」

「なら、いいんだけどね。とりあえず、鍵だけはすぐ替えた方がいい。バイトを優先してる場合じゃないぞ？」

「はい……」

さすがに昊洸も、今日はなにがあっても鍵を買いに行こうと考える。

「防犯グッズの専門店知ってるから、連れていってあげるよ。講義が終わったら、一緒に行こう」

「え、いいんですか？」

「ああ、後で電話するから」

言われて、昊洸は小早川とスマートフォンの番号やアドレスを交換した。

講義があるから、と彼は行ってしまい、高橋が「相談してみてよかっただろ」と言う。

「うん、そうだね」

蛍一なら、こうはいかなかっただろう。

そういうわけで、昊洸はその日の講義を終えると小早川に電話した。

職員用の駐車場に停《と》めてあった、小早川の高級車に乗せてもらい、彼が知っているという防犯グッズ専門店へと向かう。

「付き合ってもらっちゃって、すみません」

「気にしないで。僕も買い換えたいものがあったから」

店内を歩きながら、小早川が続けて話しかけてくる。

「つかぬことを聞くけど、高橋達とは仲がいいのかい？」

「はい、大学では一番気が合うっていうか」

「いつも一緒にいるよね。彼らはその……大丈夫なのかな」

その問いに、昊洸は思わず足を止める。

「もしかして、先生はあの二人のことを疑ってるんですか？」

「ストーカーが身近な人間だったたっていうのはよくあることなんだよ。一応、用心するに越したことはない」

そう言われても、昊洸は納得できなかった。

野中も高橋も合コンに参加したがりで、いつも彼女を欲しがっているし、とても同性に興味があるようには思えない。

だが、小早川によると「同性のストーカーは世間体があるから、人前では異性に興味があるふりをするんだよ。日頃抑圧されているから、そういうタイプが一番危ないんだ」とのことだった。

「俺は……あいつらのこと、信じたいです」

二人とも、大切な友達だし、こんなことで疑いたくなかった。

「そういうところが洲崎らしいな。いや、おかしなことを言ってすまなかった。これ以上エスカレートするようなら、学長に頼んでロッカー付近に防犯カメラを取りつけてもらえるよう頼んでみるよ」

「ありがとうございます、先生」

結局よくわからなかったので、昊洸は小早川が勧めてくれた頑丈な鍵を買った。

鍵さえ開かなくなれば、もうあんないたずらはされなくなるだろう。

楽天的な昊洸は、あまり事態を深刻には考えていなかった。

◇　◇　◇

女装して店に出るようになって、三日目。

その日はちょうど店の設備点検があり休みだったので、久しぶりに身体が空いた昊洸は、入院しているキャスト達のところへ様子を見に行った。

皆、昊洸の見舞いを喜んではくれたが、まだ症状が続いていて、丸三日絶食で点滴のみなのでそれがつらいと零される。

「店のことは心配しないで。俺も手伝ってるから」

「ほんと、悪いわね、昊洸くん。もう少しだけよろしく頼むわ」

美夕達に別れを告げ、病院を出ると昊洸はスマートフォンで電話をかけた。

「もしもし、母さん？　今日、バイトないんだ。今から行ってもいい？」

一応、実家に帰る前には電話を入れるが、母の返事がノーだったことはいまだかつてない。

直前に連絡するのは、前もって行くと言うと母が大量のご馳走を用意してしまうからだ。

入院している皆が一日でも早くよくなればいいなと祈りながら、昊洸は病院を出たその足で電車に乗って実家へ向かう。

昊洸の実家は成城《せいじょう》の閑静な住宅街にあり、近所でもひときわ目立つ白亜の豪邸だ。

久しぶりの我が家を見上げ、昊洸は少し懐かしくて「ただいま」と小声で挨拶した。

「まぁ、昊洸。どうしてもっと早く言ってくれないの？　そしたらお買い物に行って昊洸の好きなものをたくさん作っておいたのに」

家に入るなり、エプロン姿の母がパタパタとスリッパの音を響かせて走ってくる。

「そうやって気を遣うから、いつも間際に電話してるんだよ。あるものでいいんだから。俺も支度手伝う」

「ふふ、嬉しいわ。ありがと」

うがい手洗いをきちんとすませてからキッチンに入ると、なにもないと言いながらも母は昊洸の大好物の唐揚げを作っていた。

いい色にからりと揚がった鶏肉が、いかにも食欲をそそる。

「ね、一個だけ」

「しょうがないわねぇ」

口ではそう言いながらも、母は唐揚げの載ったバットを差し出してくれたので、一つ指で摘《つま》み上げ、あちあちと言いながら頬張る。

「う〜ん、やっぱ母さんの唐揚げサイコー」

「おだてたってなにも出ないわよ。たくさん揚げておくから、持って帰るといいわ」

こうして、母はいつも昊洸が来ると帰りにたくさんのおかずを容器に詰めて持たせてくれる。

蛍一と同じことをしてくれる母から、家族としての深い愛情を感じ、つまらない意地を張っているのが申し訳ないという気持ちもあった。

「蛍一のところにも、ときどき行ってるんですって?」

「うん。強制的に迎えに来るんだ。蛍一は俺のこと、監視したいのかな。あれ駄目これ駄目って、もう父さん達よりうるさいんだ」

ここぞとばかりに、昊洸は母に愚痴を言う。

「ふふ、あなたのことが心配なのよ。あなたが一人暮らしするって知ったら、あの子ったら血相変えて『なんとか昊洸を思い留まらせてくれ』って、もう大変だったんだから」

「……そうなの?」

自分の前ではそんなそぶりはまったく見せないので、母からそう聞かされて驚く。

「そりゃあ、私達だって寂しいけど、昊洸の気持ちもわかるから、強くは反対できなかったの。子どもはいつか大きくなって巣立っていくものですからね」

手際よくサラダを盛りつけながらそう語る母の横顔が、少しだけ寂しそうだったので、昊洸は罪悪感に駆られる。

「我が儘言ってごめん、母さん」

「いいのよ。でも私も父さんも、そして蛍一も、いつもあなたのことを思ってる。それだけ忘れないで、困った時はちゃんと相談してくれれば、それでいいから。ね？」

「……うん」

血の繋がっていない自分を、家族はこんなにも愛してくれている。

故《ゆえ》に、昊洸はいつも後ろめたい思いを拭《ぬぐ》えずにいるのだ。

今の両親のことは、亡くなった実の両親と同じくらい大切に思っている。

しかしだからこそ、自分の蛍一への想いを知られてしまったらと想像するだけで、恐ろしくてたまらなくなるのだ。

このひそかな想いは、家族としての裏切りなのではないか。

家族が優しくしてくれればくれるほど、昊洸の罪悪感は募っていき、いつも後ろめたい気持ちになってしまうのだ。

――どうして俺、蛍一なんか好きになっちゃったんだろ。

いつから好きなのか、もう思い出せないくらい小さい頃からずっと、昊洸は蛍一が好きだった。

子どもの頃は、ただ純粋に無心に慕っているだけだったが、やがて思春期に入り、蛍一が初めての彼女を家に連れてきた時、自分でも制御できない感情に支配され、どうしていいかわからなかった。

その感情が『嫉妬』というのだと最初はよくわからなかったが、理解した途端、今度は絶望の淵《ふち》に叩《たた》き落とされた。

蛍一を、誰にも渡したくない。自分だけを見てほしい。

その激しい感情は、家族として兄に対するものの範疇《はんちゅう》を超えていたからだ。

どうしていいかわからず、当時はむやみに蛍一を避けてみたりしてみた。

もっとも、蛍一の方は「なんだ、反抗期か？」と、まるで意に介した様子もなかったのだが。

こうして自立の一歩を踏み出し、もう蛍一への気持ちは吹っ切ったつもりでいても、彼の顔を見るだけでいまだ葬《ほうむ》ったつもりの恋心が疼《うず》き出す。

もう、放っておいてほしい、そっとしておいてほしいのに、蛍一は兄として干渉してくるのをやめてくれないのだ。

それが、昊洸にはたまらなくつらかった。

すると、そこへ父も帰ってきたので、昊洸は物思いから我に返り、玄関まで出迎えた。

「お帰り、父さん。早かったね」

「ああ、母さんからおまえが来てるって連絡があったから、急いで帰ってきたよ。蛍一も、もうすぐ来るって言ってたぞ」

「え……？」

「昊洸が来たら連絡してくれって、いつも言うのよね、あの子。あなたに会いたいのよ。クールぶってるけど、可愛いとこあるんだから」

母にかかると、二十八歳で専務の肩書を持つ、エリートサラリーマンの蛍一もまるきり子ども扱いで形無《かたな》しだ。

するると、父が帰ってしばらくすると再び玄関のインターフォンが鳴る。

「あ、きっと蛍一よ。早かったのね」

蛍一が家に戻るのも久しぶりだと、母はいそいそと出迎えに行く。

やがて母と共にリビングに現れた蛍一は、会社帰りなのでスーツ姿だった。

「なんだ、昊洸も来ていたのか」

母に連絡を頼み、とっくに知っていたくせに、平然とそんなことを言う蛍一に、父母が堪《たま》らず噴き出す。

「ど、どうしたんだ？　父さん母さん」

蛍一が驚いているので、つられてつい昊洸も笑ってしまった。

皆に笑われ、蛍一だけが一人納得がいかないという表情だ。

「ううん、なんでもないわ。さ、手を洗ってらっしゃい。お夕飯にしましょう」

手を洗い、スーツの上着を脱いで戻ってきた蛍一が揃うと、ダイニングで一家は食卓を囲む。

今夜のメニューは、蟹《かに》とホタテがたっぷり入った海鮮鍋に母お得意のポテトサラダ、昊洸の大好物の唐揚げだ。

なにもないと言っていたわりに、豪華な料理があれこれ並んでいる。

「久しぶりに家族四人揃ったわね。皆で食べるとおいしいわ」

「そうだね」

母特製の海鮮鍋も揚げたての唐揚げもおいしく、昊洸は久々の実家の味に舌鼓を打つ。

細身のわりによく食べる昊洸に、作り甲斐があるわと母が喜ぶので、遠慮なく平らげた。

「はぁ、すごくおいしかった。ご馳走さまでした」

「残ったおかず、持って帰りなさいね」

と、母は早くも二人分の容器におかずを詰め、お土産の準備をしている。

「いや、昊洸に全部やってくれ。私はいいから」

と、蛍一が辞退するが。

「なに言ってるの。普段ろくなもの食べてないくせに。蛍一もちゃんと持って帰りなさい」

ぴしりと母に言われ、蛍一が沈黙する。

「え、蛍一、自炊してるんじゃないの？」

週に一度、自分を呼ぶ時は豪勢な手料理をふるまってくれるので、てっきりしょっちゅう自炊していると思い込んでいた昊洸は驚く。

「しないわよ。この子、料理は上手だけど、朝早くて夜遅いし、毎日料理する暇なんてないのよね。だから早く健康管理してくれるお嫁さんをもらいなさいって、いつも言ってるんだけど」

なにげない母の言葉が、ぐさりと胸に突き刺さる。

「大学時代の彼女、何度かうちに来たことあったわよね。なんて言ったかしら、愛莉さん？　ちょっと派手だけど綺麗な子だったじゃない。どうして別れちゃったの？」

「勘弁してくれ、母さん。今は仕事が忙しくてそれどころじゃないんだ。当分結婚なんて考えられない」

　蛍一の言葉に、心のどこかでほっとしている自分に気づき、昊洸は自己嫌悪に陥った。

　蛍一がすぐに結婚しないからといって、彼が自分のものになるわけではないのに。

「昊洸、送っていくから乗っていけ」

「え、うん……」

「まぁ、都合が悪くなるとすぐ逃げ出すんだから。二人とも、また来てちょうだいね」

　二人が席を立つと、母は寂しそうだ。

「うん、また来るから。夕飯おいしかったよ、ご馳走さま」

　玄関先まで見送りに出てくれた母に手を振り、昊洸は蛍一の車の助手席に乗り込んだ。

　実家の駐車場から道路へ出て、走り出したが、車内はしばらく無言だ。

　昊洸はちらりと、ハンドルを握る蛍一を見る。

「夜のバイトのこと、母さん達に言ってないんだ」

「わざわざ心配させる必要もないからな。二人が知る前に、おまえがあの店を辞めればなかったことになる」

「いや、ならないし。辞めないから」

二人きりになると、結局いつもの蛍一なんだから、と昊洸はむくれる。

それきり会話は続かず、昊洸は少し悲しくなった。

蛍一といると、いつもこうだ。

ケンカなんかしたくないのに、気づけばいつも言い合いになってしまう。

そのうち車はアパートの前に到着してしまったので、昊洸はシートベルトを外した。

「……送ってくれてサンキュ。じゃ」

小声で礼を言って助手席から降りると、そのまま走り去ると思っていた蛍一も、なぜか車を歩道に停めて後からついてくる。

「……なにしてんの？」

不思議に思って尋ねると、蛍一は平然と言い放つ。

「抜き打ちチェックだ。しばらくやってなかったからな」

「はぁ？　冗談だろ。なに言って……」

「静かにしろ。夜遅いんだ。ご近所迷惑だろうが」

「蛍一が大声出させてんだろ！　って、待てよ！」

抗議している間に蛍一はさっさとアパートの前まで行ってしまったので、昊洸も慌てて追いかける。

「早く鍵を開けろ」

「……まったくもう」

蛍一が言い出したら聞かないのはよく知っているので、昊洸は渋々キーホルダーを取り出して一階奥にある自分の部屋の鍵を開ける。

その間暇だったのか、蛍一はドア脇にある郵便ポストを覗き、そして動きを止めた。

「……なんだ、これは？」

「え、なにが？」

玄関のドアを開けた昊洸は呑気《のんき》に靴を下ろしながら尋ねたが、蛍一はそれには答えず、硬い表情でポストの中からティッシュの包みを取り出した。

「あ……」

それにいやというほど見覚えのあった昊洸は、咄嗟《とっさ》に奪おうとするが一瞬早く蛍一が中身を確認してしまう。

「そ、それ、別になんでもないから」

「その反応は、これが初めてではないんだな？　いつからだ」

昊洸の態度から推察したのだろう。

蛍一に詰問《きつもん》され、昊洸はぐっと押し黙る。

「昊洸」

こういう時の蛍一の迫力はかなりのもので、昊洸は渋々今までの経緯を話すしかなかった。

「……一週間くらい前。でも、アパートでは初めてだよ。学校のロッカーに……二回入れられてた」

一通り聞き終えると、蛍一の表情はさらに険しくなる。

「このまま、今日はうちに泊まれ」

「ええ？　やだよ。明日朝一で講義あるし、バイトだって休めないし」

「犯人に心当たりはないのか？」

「ないよ。ほかはなにもされてないし、ただのいたずらじゃないかな」

務めて深刻にならないように軽く流すが、蛍一は眉をひそめた。

「大学のロッカーから自宅アパートに移動しているということは、相手がおまえの個人情報を握っている証拠だ。家にまで来たなら、今後ストーカー行為がエスカレートする危険があるんだぞ」

「そんな大袈裟な。大丈夫だよ、俺、男なんだし」

蛍一に心配させたくなくて、わざと茶化して力コブをつくってみせると、彼はため息をつく。

「大人しく言うことを聞きなさい」

まるで駄々っ子を言い聞かせるような口調にカチンときて、昊洸はキッと蛍一を睨みつける。

「やだったら、やだ。そうやって俺を子ども扱いするの、いい加減にしてくれよな」

「昊洸」

「帰れよ。近所迷惑なんだろ」

それでも「おやすみ」とだけ呟き、昊洸はアパートの中へ逃げ込み、鍵をかけた。

ドアを叩かれたり、電話されたりするのではとしばらく身構えていたが、予想に反してまもなく車のエンジン音が聞こえ、蛍一の車は走り去ったようだった。

つまらない意地を張る自分にあきれ、もうどうにでもなれと帰ってしまったのかもしれない。

ストーカーのことは、蛍一にだけは知られたくなかったのに、なんだかなにもかもうまくいかないなぁ、と昊洸は重いため息をつくしかなかった。


そんな気まずい別れ方をしたにもかかわらず、蛍一は翌日も宣言通り開店と共に訪れては昊洸を指名し、閉店まで居座り続けた。

こんなことをして、ただでさえ多忙なのに大丈夫なのかと心配したが、席でモバイルパソコンを開き、短時間で資料を作ったり、店の外になにやら現場への指示の電話をかけに行ったりしているので、やっぱり無理をしているのだとわかる。

いつしか蛍一の予約席は、さながら彼のオフィススペースのようになり、席に着いている昊洸とはほとんど会話もないので、まるで図書館のようだった。

「だからさ、無理して来なくていいって言ってるじゃんか。会社戻れよ」

それが三日続いた後、耐えかねて昊洸が文句を言う。

今日の昊洸の装いは、またもや美夕の借り物のブルーのチャイナドレスだ。

なにせ膝上二十センチという超ミニ丈なので、黒の網タイツを穿《は》いた足はほぼ剝き出しである。

すると、その出《い》で立ちを一目見るなり蛍一の眉間に深い皺が刻まれた。

「なんだ、その破廉恥《はれんち》な格好は」

「借り物だから仕方ないだろ。ってか、今どき破廉恥なんて言う奴、いないぜ」

昊洸の体格に近い美夕の服しか借りられないので、デザインなどは二の次で、とりあえず着られるものを着るしかないのだ。

すると蛍一はハンカチを取り出し、それを広げて隣に座る昊洸の膝の上にかけた。

どうやらそれで足を隠しておけということらしい。

「おかんかよ」

ぶつぶつ文句を言いながらも、昊洸は渋々されるがままだ。

言うことを聞くまで、蛍一がうるさいのは経験上よく知っているからである。

蛍一のテーブルは店内でも完全にアンタッチャブルで、ほかのキャストもボーイも近づかないようになっていた。

蛍一は毎回一本数十万もする高級ボトルを入れ、昊洸のためにあれこれフードを頼むので、マネージャーは降って湧いた上客にまさに揉《も》み手をせんばかりの勢いだ。

接客中とはいえ、邪魔をしてはいけないので、手持ち無沙汰《ぶさた》な昊洸はこっそりパソコン画面を見つめ、なにごとか思案している蛍一の端整な横顔を盗み見る。

大好きな、蛍一の横顔。

いくら眺めていても飽きない。

そういえば、状況は特殊だが、こんなふうに二人きりで静かな時間を過ごすのは久しぶりかもしれない。

いつもは決まって、蛍一のお小言つきだからだ。

――ほんと、黙ってれば格好いいんだよな。

眼鏡をかけている蛍一も好きだけれど、素顔はもっと素敵なことを昊洸はよく知っている。

幼い頃から、昊洸にとって蛍一は憧れの存在だった。

大きくなったら蛍一みたいになりたいと、ずっと思って生きてきたのだ。

まぁ、今も同じ気持ちかと問われれば、返事に困るかもしれないが。

「どうした?」

すると、ちらちら盗み見ていたのがバレたのか、蛍一が画面から目線を離さずに口を開く。

「なにか食べたいなら、なんでも頼みなさい」

「違うよ。俺が黙ってる時は、腹が減ってる時だって決めつけんなよなっ」

ムード台無しじゃんか、と内心憤然とした昊洸は、腕組みして抗議する。

そして閉店時間が迫ると、蛍一が言った。

「マネージャーには話をつけておいたから、着替えてきなさい。家まで送る」

「やなこった。バイトがそんな我が儘言えるかよ」

断固拒否すると決意を固めた時、蛍一のスマートフォンに電話が入った。

会社からだとわかると、通話のため蛍一はいったん店の外へ出ていく。

ややあって戻った彼の表情は、冴《さ》えなかった。

「なにかあったの？」

「ちょっとしたトラブルだが、私が行かないといけないようだ」

今からその用事を片付けて店に戻る頃には、閉店時間を過ぎていると、蛍一は悩んでいるようだった。

「一人で帰れるから、大丈夫だよ。早く行けって」

「だが……」

さんざん渋っていたが、戻らないわけにもいかないらしく、蛍一はやむなく会計をすませて店を出る。

一応客なので、昊洸はチャイナドレス姿のまま表の道路前まで見送りに出た。

「いいか、必ずタクシーでアパートの前まで横付けしてもらうんだぞ。約束しろ」

どうやら、蛍一は昨日の使用済みコンドームのことをまだ気にしているようだった。

「わかったってば」

「ご来店ありがとうございました～」とふざけて会釈すると、蛍一はそんな昊洸の右手にタクシー代の一万円札を握らせてくる。

彼の手が触れ、思わずドキリとした昊洸は、咄嗟に後ずさる。

すると、履き慣れていないハイヒールの足元がおぼつかず、ぐらりとバランスを崩してしまった。

「わ……っ！」

「危ない……！」

硬いコンクリートの地面に尻餅《しりもち》をついてしまう、と覚悟してぎゅっと目を瞑《つむ》ったが、衝撃はいつまで経っても訪れない。

「……？」

恐る恐る薄目を開けてみると、蛍一が間一髪のところで昊洸の細腰を片腕で抱き留めてくれていた。

「大丈夫か？」

「……う、うん」

戸惑っているうちに力強い腕にぐっと抱え起こされ、反動で蛍一の分厚い胸元にすがりつくような格好になってしまい、慌てて身を引く。

そして「……ありがと」と口の中で、もごもご礼を言った。

蛍一に触れられたのは、いつ以来のことだろう？

まだ胸のドキドキは収まらなくて、昊洸はひどく動揺する。

するとそこへちょうどタクシーが通りかかったので、蛍一が右手を挙げてそれを停めた。

そして後部座席に乗り込みながら、「早く店に戻れ。そんな格好を他人に見せるな」と釘《くぎ》を刺すことを忘れない。

「……わかってるよ！」

人の気も知らないで、と腹が立ったが、昊洸はタクシーのテールランプが見えなくなるまで歩道に立って見送った。

もう、とっくにあきらめたと思っていたのに。

彼に触れられただけで、こんなにも心が乱されてしまう。

「……ダメだな、俺。ぜんぜん吹っ切れてないじゃんか」

ため息を一つ落とし、昊洸はとぼとぼと店へ戻った。

そして、それから数日。

蛍一は宣言通り、毎日店に通い、昊洸を指名し続けた。

実質、ほぼ蛍一しか接客していない結果になる。

そして翌週には、退院して自宅療養していたキャスト達が出勤できるようになったので、昊洸の臨時女装バイトは終わりを告げた。

「昊洸く～ん、迷惑かけちゃってごめんねぇ」

「元気になってよかった！　皆がいないと店が静かで寂しかったよ」

無事復帰を果たした美夕達と、ハグし合って再会を喜ぶ。

本音を言えば、蛍一と今までにない二人きりの時間を過ごせることは、ひそかな楽しみでもあった。

だが、これ以上彼の仕事の邪魔はしたくなかったので、休んでいたキャスト達から復帰の連絡があった時にはほっとしたのも事実だった。

やっと今日からまた黒服に戻れると安堵《あんど》しながら身支度していると、マネージャーが控室に入ってくる。

「昊洸くん。お兄さん、今日も来る？」

「来ないと思います。俺の女装は昨日で終わりだって言ってあるから」

なぜそんなことを聞くのだろう、と訝しげに彼を振り返ると、マネージャーは得意の揉み手をしながら続けた。

「そこのとこをさ～、ものは相談なんだけど、もう少し続けてみない？」

「ええっ⁉」

「お兄さんが毎日来店してくれると、店の売り上げ的にすご～く助かるんだよね。あ、それだけじゃないよ？　お兄さんがきみを独占してる間も、ひっきりなしに指名入ってて、なぜあの子をつけてくれないんだってクレームすごかったんだから。なんなら、お兄さんには終わったってことにしておいて、キャストの方の仕事を続けてくれてもいいんだけど」

「む、無理です、勘弁してください」

破格の時給に心が揺れたのは事実だったが、キャストを続ければ結果的に蛍一に迷惑をかけてしまうだろう。

それが気になって、昊洸は泣きつくマネージャーの懇願を丁重に断った。

――それにそんなことしたら、蛍一、仕事どころじゃなくなっちゃうし。

さすがにずっとこの荒技を繰り出し続けることはできないとは思うが、自分のせいで蛍一の重荷にはなりたくない。

こうして、張り切って再び黒服として忙しく立ち働く。

男物の制服は歩きやすいので、やっぱり自分にはこっちの方が性《しょう》に合ってるなと思った。

◇　◇　◇

「お疲れさまでした！」

シフトが終わり、私服に着替えた昊洸は深夜近くに店の裏口から外へ出る。

女装での仕事は無事終わり、再び平穏な日々が戻ってきた。

蛍一にはあの晩から会っていない。

それが少し寂しいが、これでいいのだと自分に言い聞かせる。

さて、急いで終電に駆け込まねばと歩き出すと、近くのコインパーキングに見覚えのある高級外車が停まっているのに気づいた。

「……また来たのかよ」

車の運転席から降り立った蛍一を出迎え、昊洸は本当は嬉しい気持ちを押し隠し、うんざりした顔をしてみせる。

「もう女装して店に出てないんだから、見張りに通う必要ないだろ。俺、もう帰るんだけど。なにしに来たんだよ」

腕組みしてそう言ってやるが、蛍一はなぜか眉間に皺を寄せている。

「少々困ったことになってな」

「……なにが？」

問い返す昊洸の腕を取り、蛍一は強引に車の助手席に彼を押し込む。

「ったく、なんなんだよ。もう」

横暴なんだから、とむくれていると、運転席に乗り込んだ蛍一はアタッシェケースから一冊の週刊誌を取り出した。

俗に言う芸能タブロイド紙『ウォッチ』で、蛍一がこの手の類《たぐい》の雑誌を買うなんて珍しいなと思ってそれを受け取り、付箋《ふせん》が貼《は》ってあるページを開く。

「この雑誌がどうしたんだよ？」

言いながら、なにげなく中の記事に目を通し、昊洸は言葉を失った。

そこには見開きで大きく、『今注目の「デキる男の経営学」著者・洲崎蛍一氏、夜の蝶と深夜の密会か⁉』と見出しタイトルが並び、一枚の写真が掲載されていた。

スーツ姿の蛍一が、ミニのチャイナドレス姿の女性を腕の中に抱きしめている。

蛍一の顔が正面を向いているので、女性の方は後ろ姿で顔は見えない。

――――だ、誰だよ、この女⁉

反射的に嫉妬で一気に頭に血が上るが、よくよく見ると、なにやら見覚えのあるチャイナドレ

スクープ!
今注目のデキる男の
夜の
深夜の
か!?
ウォッチ

スだったことにようやく気づいた。

「あれ……これって……もしかして俺⁉」

自分で自分に嫉妬してしまうなんて、滑稽《こっけい》もいいところだと穴があったら入りたい気分になる。

いや、今は問題はそこではないのだが。

「こないだの晩に撮られたらしい。まさか尾行されているとは思わなかった」

「ななな、なにこれ⁉　ってか蛍一、いつのまに『ウォッチ』される人になってんだよ！」

「好きで撮られたわけないだろうが。幸い、店が会員制だったお陰でニューハーフの店とはわからず、おまえは近くのキャバクラのホステスと誤解されているようだ」

「そ、そうなんだ」

確かに女性とすっぱ抜かれるより、ニューハーフと噂になったりしたら大変なので、そこはバレずにすんでほっとする。

「とにかく、取材が来るとまずいから、今すぐ店を辞めろ」

「そんな！　横暴だ！」

思いもしなかったことを言われ、昊洸は思わず声を高くする。

「店に迷惑をかけてもいいのか？」

「それは……」

自分のせいで店に迷惑はかけられない。

それはわかっているので、昊洸はぐっと返事に詰まった。

「責任取って、おまえは私が雇ってやる」

「……は？　なに言ってんの？」

いきなりなにを言い出すのか、と思わず隣の運転席の蛍一を見つめる。

「実は、得意先の専務のお嬢さんを薦められ、縁談をゴリ押しされて困っていた。渡りに船だ。しばらく私の架空《かくう》の恋人を演じてくれ」

「ええっ!?　それ本気かよ!?」

「実はもう既に、この『美女』が恋人だと宣言してしまった。報酬は支払う。しばらくうちに同居して、恋人として暮らしてくれ」

「ちょ、ちょっと待ってよ……いきなりそんなこと言われても……」

女性のふりをして蛍一の恋人を演じる……？

そんなことが果たして本当にできるのだろうか？

――ってか、蛍一と二人っきりで暮らすなんて……。

考えもしていなかった展開に、思わず腰が引ける昊洸だ。

「そ、そんなの、俺じゃなくて本物の女の人に頼めばいいだろ。元カノとかいっぱいいるんだし」

長年の鬱憤《うっぷん》が溜《た》まっているせいか、「いっぱい」のところについ力を入れてしまう。

だが、蛍一はこともなげに言った。

「こんなこと、元カノや本物の女性に頼めるか。同居するんだぞ？　第一、スクープ現場を押さえられたのはおまえだろう」

「それはまぁ……そうだけど」

痛いところを衝《つ》かれ、昊洸はぐうの音も出ない。

「元はといえば、おまえが女装の仕事を引き受けるからこういうことになったんだ。おまえにも多少責任はあると思わないか？」

「そ、そんなの蛍一が勝手に店に通ってきたからじゃんか」

「おまえが引き受けてくれなければ、別の女性を探すしかなくなるんだが……私は存外神経質で赤の他人と同居できる自信がないな。あぁ、困った困った」

それでも昊洸がイエスと言わないと、蛍一はわざとらしい泣き落としにかかってくる。

蛍一がほかの女性と同居するなんて、想像しただけでいやだったので、昊洸は悩んだ。

蛍一と二人きりで暮らすことへの不安と、蛍一が女性と同居することへの嫌悪感を天秤《てんびん》にかけると、即座に結論は出てしまう。

——たとえお芝居でも、蛍一がほかの女の人と暮らすなんて、絶対いやだ。

第一、これだけモテる蛍一だ。

女性に仮の恋人役を依頼して同居などしたら、相手は本当の結婚を意識し、蛍一に猛アタックをかけるのは目に見えている。

それを阻止するためには、自分が恋人になりきるしかないのだ……！

「……これは仕事、なんだよな？」

「そうだ」

きっぱりと、蛍一が頷く。

仕事として依頼すれば、昊洸が受けざるを得ないことをわかっているところが憎らしい。

「……わかったよ。やればいいんだろ、やれば！」

結局、承諾することになってしまった。

なんだかまんまと蛍一の思惑通りになった気がして、釈然としないが仕方がない。

「女装のことを知られたくなければ、友達にも誰にも居場所は言うな。これは家族としての頼みじゃない。報酬をともなった契約だ。私に少しでも悪いと思うなら、後始末に協力しろ」

そうぴしりと言われてしまうと、確かに今回のことには自分にも責任があるので言い返せない。

「このまま、しばらくアパートに戻るな」

蛍一は、万が一尾行でもされて住所を特定されては困るという。

「でも、着替えとかいろいろ……」

「服は適当に見繕って用意しておいた。身一つでうちに来い。教科書は大学のロッカーにあるから問題ないだろう。パソコン等は私のを使えばいい」

あまりに急な話なのでとまどう昊洸をよそに、蛍一はうむを言わせぬ口調で告げ、深夜の道路でアクセルを踏み込む。

――身一つでうちに来いって……なんだか嫁に来いって言われてるみたいだ。

ついそんなことを考えてしまい、思わずかっと頬が熱くなる。

いや、馬鹿なことを。

蛍一はそんな深い意味もなく言っているだけなのだから、と自分に言い聞かせ、とにかく動揺を鎮《しず》める。

しかし、困ったことになった。

気まずい関係になってから、約五年。

今さら一緒に暮らせと言われても、どんな顔をして蛍一のそばにいればいいのかわからない。

あれこれ思い悩んでいるうちに、蛍一の運転する車は彼のマンションへと着いてしまう。

地下駐車場に車を停め、そのまま直通エレベーターで部屋へ向かった。

毎月食事会に来ているので、見慣れてはいる部屋だが、いざここで暮らせと言われると別の緊張が昊洸を襲う。

「この部屋を空けておいたから、好きに使え」

蛍一がそう言って案内してくれたのは、普段彼が使っておらず、納戸代わりにしていた部屋だった。

覗いてみると、前はゴルフクラブやファンヒーターなど置かれていたものがすべて片付けられ、ベッドと簡易的な折りたたみテーブルに椅子《いす》、それにノートパソコンまで用意されていた。

「……これ、俺のために？」

「急だったんで、適当に用意しておいた。ほかに必要なものはネットで注文しろ。私のＩＤで買い物していいから」

そう言って、蛍一はパソコンをネットに繋ぎ、サイトでの注文方法を教えてくれた。

「バスルームもキッチンも好きに使え。私はいったん会社に戻るから」

「え……こんな時間なのにまだ仕事すんの？」

もう夜中近いのに、と驚いて問うと、蛍一はふと微笑み、最後に昊洸の右手を取り、手のひらになにかを載せてきた。

見ると、部屋の鍵だった。

「ここの合鍵だ。帰りは遅くなるから、先に寝ていろ。これからしばらく、よろしく頼む」

「……うん」

なにか気の利いたことを言わねば、と迷っているうちに、蛍一はさっさと出かけてしまった。

一人、取り残された昊洸はようやく落ち着きを取り戻し、手の中の合鍵を見つめる。

それを見ると、本当にここで蛍一と暮らすのだという実感がじわじわと湧《わ》いてきた。

そして、電源が入れられたままのパソコンを振り返る。

「なんだよ……社会人のくせに不用心だな。パスワードなんか教えたら、すんごい高いもん買っちゃうかもよ？」

口ではそんなことを言いながら、蛍一が自分を信用してくれているのが嬉しい。

そばにいたいけど、苦しい。

好きだけど、好きになってはいけない。

そんな相反する思いに板挟みになったまま、これから蛍一と一緒に暮らすなんて、いったいどうなってしまうんだろう、と昊洸はひそかにため息をついた。


結局その晩、蛍一は帰ってこなかった。

やはりここしばらく、昊洸の店に通い詰めていた皺寄せがきていて、忙しいのだろう。

慣れない環境の部屋に一人残され、なかなか眠れなかった昊洸はうっかり寝坊してしまい、慌ててマンションを飛び出す。

蛍一の部屋から大学へは、少し距離は遠くなるが、電車の乗り継ぎをしなくてよいので時間的にはむしろ少し早めに到着した。

「は〜〜セーフ」

なんとか一限目に間に合い、駅から走ってきて乱れた呼吸を整える。

「なんだ、昊洸が遅刻ぎりぎりなんて珍しいな」

「おっす」

先に来ていた野中と高橋が中ほどの席で手を振っていたので、昊洸は息を切らせながら彼らの隣に陣取った。

「いや〜うっかり寝坊しちゃって」

「それで、その後どうなんだよ。例のストーカーは？」

「あ……忘れてた」

女装での仕事や蛍一と急に同居することになったりしたことに気を取られ、すっかり忘れていた。

「マジかよ。ほんと呑気だな、昊洸は」

「だ、大丈夫だよ。あれからロッカーにもなにも入ってないし」

蛍一の部屋にいることは誰にも言うなという「契約」なので、アパートに帰っていないことは一応二人にも黙っておくことにする。

今日は女装キャストとして頑張ったご褒美にマネージャーが休みをくれたので、珍しく時間ができた。

高橋達にカラオケに誘われたので久しぶりに付き合ったが、二時間程度で切り上げ、先に帰ることにする。

蛍一のマンションへ帰る途中、昊洸は近所にあるスーパーへ立ち寄った。

朝、冷蔵庫を覗いてきたのだが、中身はビールなどの飲み物ばかりで空《から》っぽだったのだ。

やはり、蛍一は自分に食事を作る日以外は自炊していないらしい。

——あんなに忙しいのに外食ばっかじゃ、自分のが身体壊すじゃんか。

なのに自分のことは棚に上げ、昊洸の心配ばかりしている蛍一に、店で貢いでくれた礼代わりにたまにはなにか作ってやろうと思い立つ。

とはいえ、料理が得意ではない昊洸にできるものは限られている。

「ここは、困った時のカレーだろ」

独り言を呟きながら、カレールーを手に取る。

これさえあればなんとかなるのは、既に自炊で実験済みだった。

昊洸がたまに作る、というより作れるのはカレーか野菜炒め、焼き飯なのだが、そのうちでルーが確実に味を決めてくれるカレーが一番うまくできると踏んだのだ。

ジャガイモにニンジン、タマネギ、豚肉など必要な食材を次々カートに入れていく。

こうして蛍一のために買い物をしていると、新妻気分でちょっと楽しい。

急いで帰ると、まずはシャワーを浴びて着替えだ。

さすがに大学に通っている間は無理だが、家にいる時は秘書が寄ったりするので、蛍一の『恋人』として基本女装で過ごす約束になっているのだ。

さっと薄化粧を施し、女性に変身した昊洸はエプロンをつけ、さっそくキッチンで野菜の皮剝きに奮闘する。

包丁で手を切りつつも、なんとかカレーを煮込み、米を炊いて待っていると、さすがに昨晩帰ってこなかったせいか、蛍一は夜九時頃に帰ってきた。

パタパタとスリッパで廊下を走り、鍵を開けて出迎える。

「お帰り」

「あぁ、ただいま」

出迎える昊洸もかなり照れくさかったが、蛍一の方もなにやら目線が泳いでいる。

「なんだか本当に嫁をもらった気分になるな」

「て、照れるなよ、こっちまで恥ずかしくなるだろ」

話を逸らすために、昊洸は早口で続ける。

「カレー作ったんだ。どうせ忙しくて食事してないんだろ？　食べる……？」

すると、蛍一はひどく驚いたような顔をした。

「おまえが作ったのか？」

「なんだよ、その反応。俺だって、カレーくらい作れるよ。バカにすんなよな」

そう肩をいからせてみたが、まともに作れる料理がカレーくらいなのは蛍一には内緒だ。

だが、このところ自分のせいで蛍一を店に通わせ、さらに多忙にさせてしまったという負い目があるので、せめてこれくらいのお返しはしたいと考えたのだ。

「ありがたくいただくよ」

「すぐ支度する。手、洗ってきて」

蛍一が食べてくれると言ったのが嬉しくて、昊洸はいそいそとカレーを温め直す。

ちぎって洗っただけのレタスにドレッシングをかけた手抜きサラダをつけて、少し遅い夕食だ。

「いただきます」

スーツから私服に着替えてきた蛍一がきちんと挨拶し、スプーンでカレーを口に運ぶのを、つい上目遣いでちらちらと見守ってしまう。

「よく煮込んであって、うまいよ」

「……そ、そっか」

蛍一にそう褒められただけで、嬉しくて舞い上がってしまいそうになり、それを誤魔化すために昊洸は自分もカレーを頬張る。

市販のカレールーを使って作るのだから、そうひどい失敗はないので出来はまずまずだった。

「私は大抵帰りが遅いから、これからは夕飯は先に食べていてくれ」

「うん、わかった」

口ではそう言ったが、昊洸は自分がまた彼の帰りを待ってしまうことがわかっていた。週に一度の食事会はあんなに気が重かったのに、今はこうして蛍一と食事をするのが楽しいと感じている。

――なんか不思議だな。

一緒に暮らすと、実家でのことや昔のことを思い出すからかもしれない。

五年の空白はまるで存在しないかのように、二人でいることが自然に感じるのだ。

「なにか足りないものがあったら、カードで好きに買っていいぞ」

「うん、でも今のとこ大丈夫」

蛍一が用意してくれた部屋には一通りのものは揃えられていたし、パソコンも借りているのでレポートを書くにも不自由はない。

クローゼットには昊洸が大学に通うための男性物の普段着と、家で着る用の女性物の洋服がぎっしりと詰められていた。

「そういえばクローゼットの服、どうしたの？」

「男物は私が選んだが、女性物は秘書に頼んで、代わりに見立ててもらった。私にはさっぱりわからないからな」

「……ふ～ん」

蛍一の秘書には、何度か実家で会ったことがあるが、二十代後半の容姿端麗な女性だ。

昊洸は、彼女も蛍一のことが好きなのではないかと少し疑っている。

週刊誌ですっぱ抜かれ、蛍一に夜の蝶の恋人ができたと知って、その上で女性物の服を選ばされるなんて、残酷な話だ。

「蛍一って、ちょっとひどいよね」

「なにがだ？」

「別にぃ」

本人はまったく自覚がないらしく、本気で訝しげな顔をしているのがまた腹が立つ。

長年絶賛片思い中の昊洸は、自分と同じ境遇かもしれない人につい同情してしまうのだ。

「んで？　見合いの方は無事断れた？」

「根掘り葉掘り、いろいろ聞かれたが、なんとかな。週刊誌がいい口実になって渡りに船だった」

「それって、会社でもいろんな女の人達にコナかけられてたってこと？」

すかさずそう切り込んでやったが、蛍一はそれには笑って答えなかった。

が、この様子では図星だったのだろうと悔しくなる。

昔から、そうだ。

黙って立っているだけで、蛍一にはそれこそ蛾《が》を集める誘蛾灯《ゆうがとう》のごとく若い女性達が引き寄せられ、群がってくるのだ。

子どもの頃から見慣れているとはいえ、昊洸の胸は鈍く痛む。

「ここには秘書や会社関係の人間が顔を出すことがある。その時のためだけに、ずっと女装させるのは申し訳ないが……」

「いいよ、仕事だもんな。ちゃんと『架空の恋人』務めますって！」

蛍一に負担をかけないように、昊洸はわざと茶化してそう返事した。

◇　◇　◇

「そういや、例のストーカーはどうなった？」

昼に学食で高橋と野中と落ち合い、一緒にランチを食べていると、ふと野中が思い出したように問う。

「鍵を小早川先生が勧めてくれた頑丈なのに替えたら、それから大丈夫みたいだ」

新しくした鍵には無理にこじ開けようとした傷もついていないし、もう気がすんだのかもしれない、と昊洸は二人に説明する。

ただ、自宅アパートには戻っていないので、ポストの方は確認していないのだが、友人達を無駄に心配させたくなくて、それは黙っておくことにする。

蛍一と同居を始めて、瞬く間に一週間が過ぎた。

蛍一は多忙で帰りは遅いが、昊洸は毎日夕飯を作り、彼を待って食事を共にしている。

先に食べていろと言ったのに、とその度に蛍一は言うが、なんとなく彼も嬉しそうなので敢《あ》えてスルーすることにした。

「ううむ……簡単とか言いつつ、難しいじゃんかよ」

とはいえ、数少ないレパートリーの底が尽き、昊洸は蛍一のタブレットPCで簡単レシピを検索し、毎日唸《うな》る日々だ。

と、その時、玄関のインターフォンが鳴る。

――あれ、今日は早いな。

蛍一が帰宅したと思い込んでいた昊洸は走って鍵を開けに行き、「お帰り！」と言いながらドアを開けた。

が、そこに立っていたのは予想に反して見知らぬ女性だった。

年の頃は、二十七、八歳くらいだろうか。

シックな色合いのスーツをまとった、なかなかの美人で、ふわりと明るい色にカラーリングされた髪を掻き上げる仕草は大人の女性の色香を漂わせている。

「オートロック、一緒に入った人がいたからそのまま来ちゃったんだけど、あらあら、ずいぶん元気のいいお出迎えね」

「す、すみません。あの、どちらさまですか？」

子どもっぽいことをしてしまったと恥ずかしくなり、昊洸はぺこりと頭を下げる。

そんな昊洸を、来訪者は上から下までまるで値踏みするように眺めた。

そのぶしつけな視線に困惑していると、彼女はふいに昊洸の脇をすり抜け、勝手にハイヒールを脱いで来客用のスリッパを履いて上がり込む。

「ちょ、ちょっと⁉」

仰天して昊洸も後を追うが、美女は勝手知ったるとばかりに、リビングのソファーに腰を下ろした。

「あなた、水商売してるようには見えないわね。なんていうか、すれてない感じ？　蛍一とは店で知り合ったの？」

「い、いい加減にしてください。いったい、あなたは誰なんです？」

最悪警察を呼ばなければならないだろうか、と考えているうちに、美女は今度はキッチンでお茶を淹《い》れ始める始末だ。

だが、一連の行動に迷いはなく、昊洸は彼女がこの家に何度も来たことがあるのではないかと気づいた。

「私？　私は蛍一の元恋人……とでも言ったらいいのかしら」

「え……？」

驚きのあまり、彼女を凝視するが、その美貌にはかすかに見覚えがあった。

忘れもしない、確か蛍一が最初の彼女だと言って女性を家に連れてきた時のことだ。

初めて、蛍一に自分よりも大切な人ができたと知った時のつらい記憶がよみがえり、どくんと鼓動が高鳴る。

「あ、あなた……もしかして愛莉さん⁉」

「あら、なぜ初対面のあなたが私の名前を知っているの？」

うっかり口走ってしまってから、昊洸は自分が今は女装中だったことを思い出し、慌てて口を押さえたがあとのまつりだった。

慌てふためく昊洸を訝しげにじっと見つめていた愛莉の方も、やがてその大きな瞳を見開く。

「あなた……昊洸くん、なの？」

「……っ！」

実家にいた頃、何度も顔を合わせていたのでやはり誤魔化しきれなかったらしい。

返事に困り、昊洸は無理に話題を逸らす。

「け、蛍一はまだ帰ってなくて……」

「知ってるわ。さっき電話して確かめたから。あの週刊誌の記事を見かけたんで、噂の彼女の顔を拝みに行くわって伝えたから、今頃血相変えてこちらに向かってるんじゃないかしら」

いかにも楽しげに言って、ソファーに腰掛けた愛莉は、その脚線美を見せつけるように足を組み替える。

「私、一度会った人の顔は忘れないの。記憶力はとてもいいのよ。でも驚いた。新恋人と暮らしてるはずの蛍一のマンションに、なぜ弟の昊洸くんが女装しているのかしら？」

「そ、それは……」

昊洸が返事に困ったその時、乱暴に玄関が開く音がし、息せき切った蛍一がリビングへと駆け込んでくる。

「あら、お帰りなさい、蛍一」

至極当たり前のように出迎えた愛莉に、蛍一は一瞬毒気を抜かれたようだったが、すぐ我に返り、「これはいったい、なんの真似だ?」と詰問する。

「スクープされた新恋人の顔を拝みに来たのに、弟がいるっていったいどういうことなの? 私にもわかるように説明してくれる?」

「……おまえには関係ないだろう」

「あら、説明できないの? なら、このこと、あの週刊誌の記者さんにでもリークしちゃおうかしら」

「愛莉! ふざけるな」

「じゃ、ちゃんと説明して」

「……いいから、こっちへ来い!」

あっけにとられている昊洸を置き去りにし、蛍一は愛莉の手を摑《つか》んで自分の寝室へ籠《こ》もってしまった。

——蛍一、まだ愛莉さんと付き合ってたんだ……。

今まで知らなかった現実に、昊洸は打ちのめされる。

家族には別れたと言っていたが、その実ずっと交際を続けていたのだろうか？

大学時代からだから、もう七、八年になるだろう。

お互い三十も近い年頃だし、結婚の話も出る頃なのではないか。

しかし、ならなぜ、蛍一は架空の恋人として自分を雇ったりしたのだろう？

リビングに残された昊洸は、一人悶々《もんもん》と悩み続けたが、答えは出ない。

二人が寝室から出てくる気配はまったくなく、困惑はやがてじわじわと表現しがたい嫉妬へと変わっていく。

寝室で、今二人がなにをしているのか。

想像するだけで、胸の内を業火《ごうか》で炙《あぶ》られるような思いがする。

蛍一に恋人が過去何人もいたことは知っていたし、割り切ったつもりでいたが、いざ目の当たりにしてしまうと、そのつらさは並大抵のものではなかった。

けれど、自分にはなにも言う権利も資格もない。

だって自分は、ただの弟なのだから。

その現実に打ちひしがれていると、三十分ほどしてようやく二人が寝室から出てきた。

つい、二人の衣服に乱れがないか素早く目で確認してしまってから、昊洸はひどい自己嫌悪に陥る。

「昊洸くん、またね」

愛莉はひらひらと手を振り、そのままあっさり帰っていった。

「まだ話してなかったな。愛莉は今、丸園《まるぞの》出版の編集者をやっていて私の担当なんだ。これからもときどき打ち合わせで来るから」

「編集者……？」

蛍一が執筆したあのビジネス書の担当編集者が、愛莉だというのか。

そんな偶然が果たしてあるものだろうか？

「それって、偶然？」

「いや、愛莉から私に企画を持ち込んできたんだ。初めは一冊だけという話だったんだが、一冊目が売れるとやめさせてもらえなくて、以来ずっと尻《しり》を叩かれている」

やっぱり偶然ではなかったんだ、と昊洸はぎゅっと唇を噛みしめた。

「……愛莉さんと、まだ付き合ってたんだ」

必死になにげないふうを装い、そう尋ねると、蛍一は怪訝《けげん》そうな顔をした。

「なにをバカなことを。あいつはとっくに結婚して人妻だ」

「え……？」

「とにかく、先にシャワー浴びてくるから」

そう告げると、蛍一はさっさとバスルームへ行ってしまった。

――愛莉さん、結婚してたんだ。

少しほっとしたが、反面違う心配がむくむくと頭をもたげてくる。

もしかすると、蛍一と愛莉は今でも付き合っていて、そのカムフラージュに「新恋人」の存在が必要なのではないか？

そう考えれば、架空の恋人役を昔馴染みの愛莉に頼まなかったことにも説明がつく。

——頼まなかったんじゃなくて、頼めなかったんじゃないか？

自分が演じる新恋人の存在があれば、人目を忍ぶ仲の二人にとって好都合だろう。

すべての疑問が解けたような気がして、昊洸はしばし茫然となった。

でも、なぜ愛莉は蛍一と違う男性と結婚してしまったのだろう？

いったんは別れ、それぞれの人生を歩み始めてから再会し、焼けぼっくいに火が点《つ》いてしまったのだろうか？

蛍一に真相を問いただしたかったが、あの様子では本当のことを話してくれるとは思えない。

——でも俺は、もう仕事として契約しちゃったんだから、このままやるしかないんだよな。

仕事として引き受けてしまった手前、今さら降りるなんて口が裂けても言えない。

結局、このまま架空の恋人役を続けるしかないのだ。

思いがけぬところからもたらされた疑惑に、昊洸は深いため息をつくしかなかった。

それからしばらくは、なにごともなく平穏に日々が過ぎていった。

毎日大学生としての生活と『女性』としての生活を両立するのは大変だが、次第に慣れてくる。

なにより、蛍一の仕事を請けたせいでバイトはすべて辞めたので、妙に時間に余裕ができてしまい、家で家事に勤《いそ》しむしかなくなってしまった。

マリアンや美夕達は別れを惜しんでくれたが、店に迷惑をかけるわけにはいかないので仕方がない。

――――まぁ、ギャラもらってるんだから、一応家事もちゃんとやらないとな。

その日も、蛍一のタブレットPCを借りて検索したレシピで、初めての肉じゃがに挑戦していると、蛍一が帰宅したので昊洸は急いで玄関へ出迎えに行った。

「お帰り」

「ただいま」

もうその挨拶を交わすのが自然になり、照れも感じなくなる。

先に夕飯を食べて寝ていろと言うくせに、同居を始めてから蛍一の帰りは明らかに早くなった気がする。

なので、昊洸も蛍一の帰宅を待って、夜九時過ぎに二人で一緒に食べるのが日課になっていた。

「そうだ、丸園出版の創立五十周年パーティーに招待されているんだが、愛莉が話題作りに『新恋人』を見せびらかしに来いと言っているんだが」

昊洸渾身《こんしん》の力作の肉じゃがを食べながら、蛍一が思い出したように告げる。

「……愛莉さんが？」

「ああ。週刊誌で騒がれた直後だから、もっと話題にして本を売りたいらしい」

愛莉が言うところによると、出版社のパーティーはマスコミシャットアウトなので、昊洸の写真を改めて撮られることはないが、著名人達が集まるので、蛍一が新恋人を連れてくれば業界で一気に噂になるだろうというのだ。

さすがは敏腕編集者、その辺は抜け目がない。

「だが、おまえがいやなら、断っておくから」

そこで、昊洸は考えた。

愛莉は、昊洸が男だということを知っているはずなのに、いったいなにを考えているのだろうか。

なにも考えずただ本心から本を売るために、どんな手段でも利用するということなのだろうか。

それとも、ボロを出し男だとバレて、昊洸が恥をかけばいいとでも思っているのか？

そう考えると、生来の負けん気がむくむくと頭をもたげてくる。

「……いいよ、行く」

――その挑戦、受けてやろうじゃないか！

てっきり昊洸が断ると思っていたのだろう、その返事に蛍一が驚いた様子で目を瞠《みは》る。

「本気か？　人前で長時間、女性としてふるまい通せるのか？」

「当然だろ！　大船に乗ったつもりで任せとけよ」

本当は自信はなかったのだが、愛莉への対抗心から、昊洸はついそう大見得を切ってしまった。

「そうか。なら、ドレスを買いに行かないとな」

「ド、ドレス？」

「なるべく着飾って来いとのお達しだ」

「わ、わかった……」

こうなったら、『夜の蝶』らしく艶《あで》やかに変身してやろうではないか。


そんなわけで、次の週末、二人は蛍一の車で銀座《ぎんざ》へ出かけることにした。

――こんな感じで、いいかな？

もう前の晩から、なにを着ていくかさんざん頭を悩ませた昊洸は、蛍一が用意してくれた服の中でなるべく清楚《せいそ》に見えそうな白のフレアワンピースに、淡いピンクのショート丈のジャケットにした。

――蛍一が連れて歩いても、恥ずかしくないくらいに頑張んなきゃ。

そう考えると、メイクにもつい気合が入ってしまう。

そんなわけで支度に時間がかかってしまい、昼近くにようやく車で出かける。

蛍一が選んだのは、愛莉に勧められたという南青山《みなみあおやま》にある一流ブランドのショップだ。

店構えと白手袋を嵌《は》めた店員に出迎えられた段階で、昊洸は既に腰が引けている。

「こ、こんな高そうな店で買うの？　もっと安いとこでいいよ」

「子どもが金の心配をするな」

愛莉が連絡してくれていて、二人は到着と共にスタッフに丁重に出迎えられた。

「女性物のことはよくわからないので、彼女に似合いそうなドレスを見繕ってください」

「かしこまりました」

蛍一の意向を聞き、物慣れたスタッフは、即座に昊洸の体型に合うドレスを数着セレクトしてきた。

「え……あれ全部着るの？」

「試着してみないとわからないだろうが」

「まぁ、そうだけどさぁ……」

渋っているうちに、スタッフに試着室へと案内されてしまい、昊洸は渋々一着目に袖《そで》を通す。

そのブランドの新作らしいドレスは、大きく襟ぐりの開いたノースリーブに膝丈の長さだ。

胸に詰めたパッドが見えないようにと苦労して着替え、試着室から外へ出て蛍一に見せに行く。

「どう？」

「……うむ」

なぜかそう唸った後、蛍一はスタッフに向かって付け加える。

「なるべく露出の少ないものを」

なるほど、男だとバレないためにかと、昊洸はその意見には賛成だ。

「かしこまりました」

するとスタッフの女性はなぜか微笑ましい、といった様子で再度ドレスを選びに行き、今度はロング丈のチャイナドレスを持ってきた。

「でしたら、こちらなどいかがでしょう？　スリットは入っておりますが、七分袖ですし首元もスタンドカラーですので露出はかなり少ないかと」

「いいですね」

さっそく、今度はそのチャイナドレスに着替えることになる。

これをいつまで続けるんだろうとうんざりしたが、自分でパーティーに出席すると宣言してしまったのだから仕方がない。

すると、ハンガーからドレスを外し、試着室へ運んでくれたスタッフが、こっそり昊洸に耳打ちしてきた。

「さきほどのドレスも、とてもよくお似合いだったんですけど、ご自分の大切な方の肌を他人に見せたくないという旦那《だんな》様のお気持ちもよくわかりますわ」

「え……？」

「ほんと、仲のよろしい素敵なカップルでうらやましいです」

「そ、そんな……」

それはスタッフのお愛想だとわかっていても、昊洸はかっと頬が熱くなるのを止められなかった。

——俺と蛍一って、カップルに見えるのかな？

男子としては若干複雑だが、それでも嬉しいと思ってしまう。

——でも、露出が少ないのがいいってのは別に独占欲とかじゃなくて、俺が男だってバレないようにって配慮からなんだけどさ。

それが、ちょっぴり残念な昊洸だ。

チャイナドレスは店でも着ていたので着替えにもたつくこともなく、昊洸は再び蛍一の前へ立つ。

すると、彼は一瞬息を呑んだように見えた。

「蛍一？」

「……それにしよう。とてもよく似合っている」

「そ、そう？」

面と向かって褒められるとこそばゆくて、昊洸もつい照れてしまう。

鏡に映る姿を見てみると、スリットが太ももの際どい辺りまで入っていて、ちらちらと足が見えてしまうが決して下品ではなく、ピンクと赤を主体にした色のせいか、可愛らしい印象にまとまっている。

チャイナドレスはマオカラーで喉仏を隠してくれるので、一石二鳥《いっせきにちょう》だ。

店員はドレスとセットになっていると言って、同色の華やかな花飾りも髪につけてくれた。

「さすがお目が高いですわ。こちら、今シーズンの新作で一推《いちお》しのドレスなんです。お客様の愛らしさにぴったりで、とてもよくお似合いですわ」

チーフらしき中年女性も登場し、そう褒めちぎる。

満更お世辞だけというわけでもないらしく、彼女も絶賛してくれて、そのドレスに合うハイヒールとバッグもあれこれ選んでくれた。

着せ替え人形にされる昊洸を、じっと見つめていた蛍一だったが。

ふいに正面から接近し、左手を伸ばしてくる。

「じっとしていろ」

――え……？

もしかしてキスされるのかと、ドクンと鼓動が跳ね上がるが、蛍一は髪の花飾りが曲がっていたのかそれを直し、あっさり離れていった。

――んもうっ！　紛らわしいことすんなよな！　びっくりするじゃんか。

そんなこと、あるはずがないのに、蛍一があまりに男前なので無駄にドギマギさせられてしまう昊洸だ。

その後、蛍一はこともなげにカードで支払いをすませたが、昊洸は金額が気になって仕方がなく、ちらりと数字を覗き見し、あまりの高さに思わず貧血を起こしそうになった。

「ごめん、すごい無駄遣いさせちゃって」

スタッフに見送られてショップを出ると、そう謝る。

「そんなこと気にしなくていい。これは私の依頼で、それにかかる経費を負担するのは当然のことだ」

物言いは身も蓋《ふた》もないが、自分に負担を感じさせない、そういうところが蛍一は優しい、と昊洸は思う。

「あ～でも疲れた！　試着とか買い物って、エネルギー消耗するよな」

ようやくドレスが決まった解放感で、昊洸は乗り込んだ車の助手席で大きく伸びをする。

「疲れたなら、このまま帰るか？」

そう問われ、思わず「もう帰っちゃうの？」とつい本音が出てしまった。

もう少し、こうして蛍一とのデートを楽しみたい。

今は女性の姿をしていて、彼の隣にいても不自然ではない、こんな機会など、そうはないのだから。

そんな必死の願いが、天に通じたのだろうか。

蛍一が、車のナビをいじり始める。

「まだ時間も早いしな。ドライブがてら、おまえの好きな水族館でも行くか？」

「行く！」

思わず食い気味に返事をすると、蛍一が苦笑した。

「疲れたんじゃなかったのか？」

「ぜんぜん疲れてなんかないよ。早く行こう！」

「もう少し、おしとやかにな」

そう窘《たしな》められ、小さく舌を出す。

履き慣れないハイヒールは足が痛くて、女装はストレスが溜まるけど、それで蛍一とデートできるのならなんのそのだ。

昊洸の好きな水族館とは、湘南《しようなん》にある有名な大型水族館のことで、昊洸が小さい頃から何度も蛍一に連れてきてもらっている思い出の場所だ。

昊洸はそこが大好きで、子ども時代は両親と四人で毎年のように訪れていた。

「あそこに行くの、久しぶりだね」

「そうだな」

嬉しくて、ドライブ中もつい鼻歌を口ずさんでしまう。

そんな昊洸に、ハンドルを握る蛍一も楽しそうだ。

こんなふうに、二人きりで和《なご》やかな時間を過ごすのはいつ以来だろう？

今までのわだかまりは、今だけ忘れたいと昊洸は願う。

高速道路を飛ばし、一時間ほどで湘南に到着すると、二人はさっそくお目当ての水族館へ向かった。

週末ということもあり、館内はかなり混雑している。

薄暗い館内を、一つ一つ水槽を眺めながら順路を進んでいくが、途中立ち止まっているカップルにぶつかりそうになり、慌てて避《よ》けた。

人が多く、暗いので蛍一を見失わないようにしなければ、と思っていると、ふいに右手が大きな手のひらに包み込まれる。

驚いて隣の蛍一を見上げると、彼は真顔で「迷子になるなよ」と言った。

「……俺は小学生かよ」

小声で文句を言いながらも、昊洸は繋がれたその手を振りほどくことはしなかった。

そのまま、二人は順路を回り、じっくりと珍しい魚達を見物する。

その間も、昊洸は手を意識してしまって仕方がない。

心臓はバクバクと音を立てて跳ね上がり、口から飛び出してしまいそうだ。

――蛍一と手を繋ぐなんて、何年ぶりだろう……？
いずれにせよ、もう思い出せないくらい子どもの頃のことだ。
――俺が女の子だったら、こうやって堂々と手を繋いで外を歩けるんだ……。
今さらながら、そんな現実に複雑な気分になる。
わかっている。
同性で、しかも血は繋がってはいないけれど戸籍上は兄弟。
そんな相手に恋してしまった自分が愚《おろ》かなだけなのだ。
「お父さん、早く早く！」
その時ふと、目の前を小さな男の子を連れた家族が横切った。
子どもが父親の手を引いて先を急《せ》かす、その楽しそうな様子に、自然と目を奪われる。
この先、蛍一もそう遠くない未来に結婚し、自分の家庭を持つだろう。
その時は兄弟として、笑顔で祝福してやらねばならない。
頭ではわかっていても、いざその場面を想像しただけで胸が苦しくなる。
ふと、そんなことを考えていると。
「どうした？」
いつのまにか足が止まっていたらしく、蛍一が訝しげに問う。
「う、ううん、なんでもない。おなか空《す》いちゃった」

咄嗟に、笑ってそう誤魔化す。

「もうかなり昼を過ぎているしな。なにか食べるか？」

「大丈夫、次はイルカのショー観に行こうよ」

無理に明るくふるまい、昊洸は蛍一の手を引っ張って歩き出す。

今だけ、今だけだから。

繋いだこの手を離したくない。

それは、昊洸のささやかな、そして切なる願いだった。


イルカのショーも見学し、たっぷり水族館を堪能《たんのう》した後は、これまた昊洸の大好物の湘南名物生しらすを食べに行くことになった。

水族館の帰りに、家族でよく訪れていた割烹《かっぽう》料理店の老舗《しにせ》の暖簾《のれん》をくぐると、初老の店主は蛍一のことを憶えていて、歓迎してくれた。

懐かしい味に舌鼓を打ち、新鮮な生しらすやサザエの壺焼《つぼや》きなど海の幸を満喫する。

「はぁ～おいしかった」

昼を食べ損なっていたので、料理をすべて平らげ、ようやく人心地がつく。

「久しぶりに、おいしい料理をいただきました。ご馳走さまでした」

蛍一が、礼儀正しく女将《おかみ》に挨拶する。

「いえいえ、お粗末さまでした。本当に、少し見ないうちにご立派になられて。しかもこんなに綺麗なお嬢さんをお連れになって、ご家族の皆さんもさぞ喜んでいらっしゃるでしょうねぇ」

「……そうですね」

話好きの女将に、蛍一は如才ない相槌《あいづち》を打っている。

「いつの時代も、家族が増えるのはいいことですわ。ご結婚は決まってらっしゃるの？」

「ええ、まぁ……近いうちにと考えています」

「それはおめでとうございます。きっと素敵なご夫婦になるわ。赤ちゃんが楽しみね」

「こら、おまえは気が早すぎるんだよ」

いつまでも厨房《ちゆうぼう》に戻ってこない女将に、店主がそう合いの手を入れる。

「あらあら、叱《しか》られちゃったわ」

口ではそう言いつつも、女将はまるで気にするそぶりもない。

それ以上長居をするとボロが出そうだったので、二人は早々に退出することにした。

店主達に見送られ、駐車場で車に乗り込むと、昊洸はぼそりと告げる。

「俺、蛍一の子どもが生まれたら、きっとめっちゃ可愛がるよ」

「どうした、やぶから棒に」

「別に。そう思っただけ」

嘘《うそ》ではない。

きっと、目の中に入れても痛くないほど、メロメロに溺愛《できあい》してしまいそうな気がする。

だって、誰よりも大切で大好きな蛍一の血を分けた子なら、溺愛せずにいられるはずがない。

その母親、つまり蛍一と結婚する相手と、一生付き合っていかなければならないのはかなりつらかったが。

「しかし、久しぶりにデートらしきことをしたな」

ハンドルを握る蛍一がしみじみと言ったので、意外だった。

「そうなんだ。今、彼女いないの？」

さりげなく、でもずっと聞きたくてたまらなかった質問をしてみる。

「ああ、ここしばらく特定の女性はつくらないようにしている」

「なんか理由があるの？」

「大人にはいろいろあるんだよ。まぁ仕事も忙しいし、当分結婚する気はないな」

「……ふぅん」

さして興味のないふりをしながらも、昊洸はほっとしている自分に気づく。

同居して真っ先に確かめたのは、あの部屋に通う女の影がないかどうかだったが、本人の口からはっきりそう聞くと安堵する。

だが、同時に結婚する気がないというのは、人妻の愛莉と交際しているから、結婚したくてもできないという別の意味があるのではないか。

つい、そんな疑いを抱いてしまう。

相手が誰にせよ、いつか蛍一が結婚するとしても、その日が一日でも先延ばしになればいい。

勝手にもそんなことを考えてしまい、自己嫌悪に陥る。

そんなどろどろとした気持ちを吹っ切るように、昊洸は明るく言った。

「ね、せっかくだから海見に行こうよ」

「この寒いのにか？」

「いいじゃん。冬の海ってのもオツだろ」

そうねだると、蛍一は昊洸の希望通り海岸沿いのコインパーキングに車を停めてくれた。

十一月なので、湘南の海でも人気《ひとけ》はまばらで、遠くで波に乗っているサーファーの姿がちらほらと見えるくらいだ。

車を降り、砂浜に降りてみると、さらに歩きにくくなったので、昊洸はその場にハイヒールを脱ぎ捨てて歩いてみた。

足の裏に砂を踏みしめる感触が心地よくて、波打ち際を行ったり来たりしてみる。

すると蛍一は、昊洸が置き去りにしたハイヒールを手に後を追ってきた。

「危ないから、海には入るなよ」

「入らないよ、子どもじゃあるまいし」

また子ども扱いされ、昊洸は頬を膨らませて抗議する。

「どうだかな。前に家族四人で来た時、父さんが目を離した隙《すき》に波にさらわれかけたじゃないか」

「小六の時のこと持ち出すなよな！」

これだから、なんでも知られてしまっている家族は困るのだ。

やんちゃだった子ども時代を後悔しても、もう遅いのだが。

「あの時は楽しかったね、皆で」

「あぁ、また四人で来よう」

「……うん」

寄せては返す波を眺めていると、心が穏やかになっていくような気がする。

だが、思いの外海風は強く、少しさらされただけで体温を奪われていく。

オシャレを優先し、ワンピースに薄手のジャケットという軽装で来てしまったので、昊洸は震え上がる。

くしゅん、と小さなくしゃみをすると、蛍一が着ていたジャケットを脱ぎ、肩にはおらせてくれた。

「い、いいよ。蛍一が風邪ひくだろ」

「いいから、着ていなさい」

「……ありがと」

ジャケットからは蛍一のコロンの香りがして、まるで彼の胸に抱きしめられているような錯覚に陥る。

昊洸はこっそりその匂いを嗅《か》ぎ、束の間の空想に浸った。

――蛍一は、いつも優しいよね。

顔を見ればお小言ばかりだが、彼がいつも自分のためを思って苦言を呈《てい》してくれているのはよくわかっている。

それが家族としての愛情でも、感謝しなければならないはずなのに、自分ときたらそれ以上を望み、我が儘ばかりだ。

さすがに反省する。

――今まで……いろいろごめん。

ずっと反抗的だったこと、ちゃんと謝りたかったのだが、言えなかった。

が、蛍一にはそんな昊洸の思いを知ってか知らずか、大きな手でポンと頭を撫でてくる。

だから、昊洸は代わりにこう言った。

「……引き受けた仕事は、ちゃんとやるから」

「ああ、頼んだぞ」

とりあえず、それだけでも気持ちを伝えられてよかったと昊洸は思った。

それからしばらくは、なにごともなく日々は過ぎ。

大学のロッカーも頑丈な鍵に付け替えたせいか、その後も不審物が入れられていることもなく、悪質ないたずらもやんだのだろうとほっとした。

今の昊洸の一番の心配ごとは、週末に控えた創立記念パーティーのことだ。

蛍一の恋人を演じるのだから、万が一にも男だとバレてはならないと思うと、やはり緊張する。

その不安から、昊洸はマンションに帰ると、ピンチヒッターの時マリアンに教えてもらったメイクテクニックをさらに磨くべく、日々練習に勤しんだ。

いよいよパーティーが間近に迫り、壁にかけておいたドレスを見上げる。

蛍一に買ってもらった、あのチャイナドレスだ。

――蛍一とのデート、楽しかったなぁ……。

思い出しては、ついにやついてしまう自分は、かなりイケてないと思う。

だが、このささやかなしあわせは契約中の期間限定なのだから、今だけは浸っていたかった。

そして、いよいよパーティー当日。

昊洸は満を持して念入りにメイクを施し、たっぷり半日かけて『変身』した。

パーティーなどでは、ネイルもきちんとしなければと考え、マニキュアも買ってきて何度も練習した。

その甲斐あって、なかなか上手に塗れたのでその出来映えに満足する。

女性らしい歩き方も、テレビドラマの女優などを参考にして、ハイヒールを履いて何度も練習したので、準備は万端だ。

時間が迫ってきたので、蛍一の運転する車でお台場《だいば》にあるホテルへ向かう。

パーティーではアルコールが勧められるが、蛍一が断りやすいからと、敢えて車で行くことにしたのだ。

自分で行くと宣言してしまった手前、後には引けないが、華やかなパーティー会場を前に昊洸は早くも尻込みする。

「心配するな。にこにこしていてくれれば、私がどうにでもするから」

「わ、わかった」

蛍一に肘を差し出され、昊洸は内心ドキドキしながらその腕を取る。

蛍一と腕を組むなんて、初めての経験だ。

これも女装していなければ叶《かな》わないことだと思うと、少しだけいいことがあったと思ってしまう。

二人が会場である大ホールへ足を踏み入れると、皆が一斉にこちらに注目したような気がした。

全身に突き刺さるような好奇の視線に怯《ひる》みそうになるが、昊洸はしゃんと背筋を伸ばし、蛍一が連れていて恥ずかしくないように、にこやかな笑みを浮かべた。

「おい、見ろよ。あれ」

「今すごく売れてるビジネス書の著者だろ。こないだ雑誌ですっぱ抜かれた『夜の蝶』を連れてきたのか。大した心臓だな」

そんなひそひそ話が耳に飛び込んでくるが、昊洸は敢えてそちらに向かって優雅に微笑んでみせた。

昊洸と目が合うと、興味本位の噂話をしていた男性二人連れが、気まずそうに俯く。

――蛍一は独身なんだ。誰と付き合おうが勝手だろうが。

内心毒を吐きながらも、笑顔を崩さない昊洸だ。

「やぁ、洲崎くん。新刊も売れてるみたいだね。また重版がかかったと聞いたよ」

会場の中ほどまで進むと、恰幅のよい初老の男性が蛍一を見つけて声をかけてきた。

「この勢いに乗って、どんどん新作を書いてくれたまえ」

「ありがとうございます。光栄です」

蛍一も、礼儀正しくそう挨拶している。

どうやら上層部のお偉いさんらしく、話が長引きそうだったので、暇を持て余した昊洸は彼らの邪魔にならないように少し下がったところに控えていた。

すると、背中に軽くぶつかられ、ハイヒールのせいでバランスを崩してしまう。

「あ……っ」

すると、よろけた昊洸の腕を掴み、支えてくれたのは三十歳前後の男性だった。

いかにも業界関係者らしい派手な出で立ちで、全身ブランド物で固めている。

「すみません、うっかりしていて」

「いえ、大丈夫です」

男だとバレたら困るので、意識して高い声を出すように気をつける。

こっちも不注意ですみませんと謝ると、男は手にしていたカクテルを昊洸にくれた。

「あ、ありがとうございます」

「きみ、なかなかいいね。背も高いし、スタイルも申し分ない。モデルとか興味ない？」

どうやら、男はカメラマンらしく、某アイドルの写真集は自分が撮ったなどと自慢話が始まる。

「いえ、そんな。私なんかとんでもないです」

慌てて固辞したが、男は「え～そんなことないよ。きみ、すごく綺麗だと思うけどなぁ。いまどき珍しい清楚な雰囲気がいいね」などと食い下がり、馴《な》れ馴れしく肩を抱いてきた。

「とにかく、少し静かなところで、二人きりで話さない？」

「い、いえ、私はその……」

自慢ではないが生まれてこの方、ナンパされた経験などないので、どうしていいかわからない。

本性を現したら男だとバレてしまうし……と困っていると。

ふいに強い力で引き戻され、分厚い胸に背中が当たった。

驚いて振り返ると、自分を引き戻したのは蛍一だった。

「失礼、私の連れがなにか？」

「い、いや、なんでも……」

妙に威圧感を漂わせた蛍一の登場に、男はそそくさと行ってしまう。

男を追い払うと、蛍一は昊洸に冷たい一瞥をくれた。

「おまえは私の虫除《よ》けとして雇われているんだろう。ほかの男にちょっかいを出されてどうするんだ。私のそばにいろ」

「ご、ごめん」

蛍一が不機嫌なことなど滅多にないので、昊洸はしゅんとする。

自分がぼうっとしていたせいで、彼を怒らせてしまった。

——俺、やっぱりぜんぜん蛍一にふさわしくないよな。

落ち込んでいると、目の前に皿が差し出される。

見ると、昊洸の大好物の生ハムメロンが山と盛られていた。

「少し言いすぎた。気にするな」

「……蛍一」

ちゃんと自分の好物を憶えてくれていた蛍一に、少し気分が浮上する。

「ありがと」

礼を言い、ありがたく生ハムメロンを頬張った。

「うまいか？」

「うん」

本当においしかったので、昊洸は笑顔になる。

と、そこへドレッシーな黒のワンピース姿の愛莉がやってきた。

「あら、ほんとに来たのね、『光ちゃん』」

イヤミったらしく店の源氏名で呼ばれ、昊洸はむっとする。

「うまいこと化けたもんじゃない。大したメイクテクね」

「いえいえ、愛莉さんにはかないませんよ」

笑顔で応酬する二人の間に、見えない火花がバチバチと散る。

「おまえら、どうしてそう寄ると触ると角突き合わせるんだ」

そんな二人に、蛍一はあきれ顔だ。

恋愛沙汰《ざた》に鈍い蛍一は、二人の諍《いさか》いの原因が自分だとわかっていないようで、そんなところが実に彼らしい。

「あまり目立っても困る。適当なところで、私達は引き揚げるからな」

「その前に、紹介しなきゃいけない人がたくさんいるのよ。顔見せだけは付き合ってね」

と、愛莉はさりげなく蛍一の肘に手を触れる。

それを見逃さず、蛍一に触るなと内心ヤキモチを焼いてしまう昊洸だ。

「わかった。おまえはここにいろ。声をかけられても、もうついていくんじゃないぞ」

「小学生かよ、俺は」

普段通り言い返してしまってから、しまった、今は女の子だったと慌てて口を押さえる。

「光ちゃんはいい子で待っててね～」

勝ち誇った様子の愛莉に連れられ、蛍一はパーティー客達への挨拶に出向いていった。

――俺、なにしに来たんだろ。

愛莉への対抗心だけで、女装までしてこんなところに来てしまうなんて。

と、今さらながら己の浅慮を反省する。

と、そこで昊洸は遠巻きにされている視線を感じ、顔を上げた。

気のせいか、男性のゲスト達がちらちらとこちらを見ているような気がする。

――まずいな……男だってバレた!?

内心焦りながらじりじりと移動し、目立たないよう壁の花になることにした。

するとと、驚くほど早く蛍一が戻ってきた。

「そんな隅でなにをしている?」

「あ、蛍一。男だってバレちゃったかも」

こそこそ耳打ちし、皆にじろじろ見られたことを報告する。

すると、蛍一はこともなげに言った。

「それはバレたからじゃない。おまえが美人だから、皆が見ていたんだろう」

「え……?」

「おまえを一人にしておくと、気が気じゃない。一緒に来い」

言うなり、蛍一は力強く昊洸の肩を抱き寄せ、歩き出した。

いつになく強引な所作に、少しドキドキしてしまう。

「う、うん」

「こちらが、噂の恋人ですか?　いやぁ、お美しい方ですなぁ」

「おや、それはどんな噂か伺うのが怖いですね」

話すと声で男だとバレそうなので、昊洸は言われた通りにこにこして、蛍一にすべて任せます、
といった奥ゆかしさを演出してみた。

どうやらそれが功《こう》を奏《そう》したらしく、紹介された人々は皆お似合いのカップルだと褒めたたえて

くれる。

「そろそろいいだろう。私達は引き揚げるぞ」

頃合いを見計らい、蛍一が愛莉に告げた。

「お陰さまで宣伝効果あったわ。お疲れさま」

愛莉のお許しも出たので、これ幸いとばかりに蛍一が昊洸を促し、まだ宴たけなわのパーティー会場を後にする。

だが、昊洸は内心それが面白くなかった。

「蛍一って、愛莉さんの言いなりだよね。なんか弱みでも握られてんの？」

愛莉に頼まれて原稿を書くことになった経緯も気になるし、やはり二人は不倫関係にあるのではとつい疑ってしまう。

「はは、確かにそうかもしれない。俺は昔から、あいつには頭が上がらないところがあってな」

あっさりとそんな答えが返ってきて、ずきりと昊洸の胸は痛む。

やはり、蛍一にとって、愛莉は特別な存在なのだ。

薄々わかってはいたものの、いざ現実に蛍一の口からそう聞かされてしまうと、かなりショックだった。

「ふぅん、そうなんだ」

それを隠し、なにげないふうを装ったが、内心ハイヒールで足下の縁石を蹴飛ばしたくなる。

「どうした？」

「別にぃ」

昊洸が微妙にご機嫌斜めなのを察したのか、ホテルの駐車場で車に乗り込もうとした蛍一が言う。

「頑張ってくれたご褒美だ。少しドライブして、レインボーブリッジでも見に行くか」

「わぁ、行きたい！」

その誘いで、たちまちご機嫌になった昊洸は、一も二もなく同意する。

というわけで話がまとまり、蛍一が湾岸道路を走って見晴らしのよい場所にあった展望台で車を停めてくれる。

「わぁ……綺麗だね」

蛍一の高層マンションからも都心の夜景は見えるが、海沿いはまた格別な美しさで、昊洸は思わず時間が経つのも忘れて見とれてしまう。

昊洸は昔から橋や工場など、大きな建造物を見るのが好きで、よく家族にねだってはあちこち連れていってもらっていた。

当時のことを思い出し、少し感傷的な気分になる。

「いい眺めだ」

海風は寒かったが、蛍一も目の前の夜景の美しさに心を奪われているようだ。

「寒くないか？」

「うん、大丈夫」

そう答えたが、蛍一は着ていたカシミアのコートのボタンを外し、その中に昊洸を入れて包み込んでくれた。

なにげない所作だったが、内心ドキリとする。

だが、今の自分は女の子なので周囲から奇異に思われることもないと思うと、ここは大人しく甘えてしまえと開き直った。

「……温かいね」

「そうだな」

それから二人は互いに無言になり、ある種緊張した空気が流れる。

もう駄目だ。

蛍一の温《ぬく》もりと硬い筋肉の感触に、今にも口から心臓が飛び出してしまいそうで、昊洸はさりげなく自ら身を離す。

「あ〜生ハムメロンしか食べてないから、おなか減っちゃった。なんか食べて帰ろうよ」

「さすがのおまえも、そのなりで大食いするわけにはいかなかったか」

蛍一もほっとしたように、そう茶化して返してくる。

ふと下を覗き込むと、すぐ近くの橋のたもとに、ぽつんと屋台が出ているのが見えた。

「あ、ラーメンだ！　食べてこうよ」

「その格好でか？」

「いいじゃん、誰も見てないって」

「この時間のラーメンなんぞ、背徳以外の何物でもないぞ……」

渋る蛍一の腕を引っ張り、チャイナドレスの上にコートを羽織った昊洸は勇んで屋台へ向かう。

「おじさん、こんばんは。ラーメン二つください」

「はいよ」

初老の店主は、昊洸のきらびやかな出で立ちに驚いた様子だったが、すぐに笑顔でラーメンを作り始める。

「お姉ちゃん、そんな綺麗なドレス着て、うちみたいな汚い店に来るなんて変わってるね」

「通りかかったら、すごくいい匂いだったから。あ、ここはおいしいお店だって見抜く私の勘、なかなかよく当たるんですよ」

「そうかい、そりゃ嬉しいねぇ」

楽しげに店主と会話する昊洸を、隣に座った蛍一は黙って微笑み、見守っている。

「へい、お待ち」

やがて二人の前に出されたのは、メンマにナルト、チャーシューが載った、典型的な昔ながらの醤油《しょうゆ》味のラーメンだった。

「わ、おいしそう。いただきます」

元気よく挨拶し、昊洸は熱々のラーメンを豪快に啜《すす》る。

「う～ん、おいしい！　蛍一も早く食べなよ」

「あぁ」

二人並んで、仲良くラーメンを食べていると、なんだかこれ以上はないくらいしあわせだった。

蛍一となら、なにをしていてもどこにいても楽しい。

悔しいことに、それは確かなことだった。

蛍一は、どう思っているかわからないけれど。

丼《どんぶり》を持ち上げ、スープを飲みながら昊洸はちらりと隣の蛍一を盗み見る。

――俺、少しは蛍一の役に立ててるのかな？

報酬をもらっているだけの働きを、果たしてちゃんとできているのだろうか、はなはだ自信がない。

だが、もう少しだけこの奇妙な同居生活を続けたいと願う自分がいる。

熱々のラーメンで暖を取り、空腹を満たして二人は家路に就いたのだった。

◇　◇　◇

「その後、なにも問題はないか？」

パーティーも無事終わり、日常に戻ったある晩。

夜九時を過ぎた頃に帰宅した蛍一を待って一緒に夕飯を摂っていると、ふいに蛍一がそう尋ねてくる。

「え、なにが？」

一瞬なんの話かわからなくて、昊洸はきょとんとして問い返す。

すると、蛍一は呑気だな、という渋い表情になった。

「例のストーカーのことだ。アパートには戻ってないだろうな？」

「蛍一がうるさいから、帰ってないよ」

蛍一がアパートに戻るなとうるさいので、昊洸はその約束を律儀に守っていた。

今までさんざん反抗していたものの、雇用主となれば話は別で、報酬を受け取る以上は約束は守らなければならないと思ったからだ。

「心配いらないよ。大学のロッカーも頑丈な鍵つけたら、その後なにもないし、ただのいたずらだったんだって」

そう答えながら、蛍一は本当に心配性だなぁとあきれる。

「男だからといって、油断するな。特に今は女性の格好をしている時間も長いんだし、なるべく一人で行動せず、暗い夜道や公園は近道でも通るんじゃないぞ」

「わ～かってるって。大丈夫だよ」

相変わらず過保護だなと思いつつも、それがじんわりと嬉しい。

たとえ、それがただの家族としての愛情だったとしても。

「肉じゃが、ちゃんと面取りしたのに、煮崩れちゃった。見栄えよくなくて、ごめん」

何度も練習し、それなりに上手に作れるようにはなったのだが、見栄えはまだまだだとがっかりする。

「そんなことはない。味が染みていて、うまいぞ。形なんか、食べてしまえば同じだ」

そう言って、蛍一は肉じゃがをすべて平らげてくれた。

「肉じゃがが余ったら、カレールー入れて肉じゃがカレーに味変《あじへん》させて食うとうまいんだって」

「おまえ、なにかというとカレーばかりだな」

「いいじゃんかよ。カレー、うまいだろ！」

自らのレパートリーの少なさを誤魔化すために、そう言い張る昊洸だ。

「わかったわかった、昊洸の作るカレーはうまいよ」

まるで子どもを宥《なだ》めるように、大きな手で頭をぐりぐりと撫でられ、子ども扱いするなよな、と唇を尖らせてはみたものの、その感触が心地よくて拒否できない。


とはいえ、毎日蛍一にカレーばかり食べさせるわけにもいかない。

蛍一のタブレットＰＣはすっかり昊洸専用になっており、料理レシピのブックマーク数もどんどん増えていく。

簡単に作れて、なるべく栄養バランスがよく、スタミナがつくものがいい。

野菜もたくさん食べさせたいし……などと考えながら、蛍一のためにメニューを考えるのが楽しかった。

――なんか俺、蛍一との同居生活楽しんじゃってるよな。

蛍一が、自分のことを家族としてしか見ていないのはわかっていても、彼のそばにいられるだけでしあわせを感じてしまう。

だが、これは束《つか》の間で偽りのしあわせなのだ。

わかっていても、このしあわせな時間が少しでも長く続けばいい、そう願ってしまう昊洸だった。

その日も、いつものように講義を終えると夕飯の買い出しをして、マンションに帰宅する。

今日は新レシピに挑戦してみようと、ビーフシチューの材料を買ってきた。

とはいえ、ほぼカレーの材料にビーフシチューのルーを入れ、同じように煮込むだけなのだが。

だが、カレーじゃないもんなと自分に言い訳し、昊洸はまず『男子大学生』から『女性』への変身をすませ、慣れない手つきで野菜を包丁で刻み始める。

手際がよくないので時間をかけて仕込みをし、仕上げにビーフシチューのルーを入れてぐつぐつ煮込む。

蛍一、早く帰ってこないかなと、その間レポートを書きながら待っていると、玄関のインターフォンが鳴ったので、急いで応答した。

が、画面で相手を確認し、昊洸は落胆する。

エントランスにいたのは、愛莉だったのだ。

「……どうぞ」

オートロックを解除してやると、ややあって玄関のインターフォンが鳴り、愛莉がにっこり微笑む。

「こんにちは」

「……蛍一なら、まだ帰ってませんけど」

「いいのよ。待たせてもらうから」

笑顔でそう言われてしまうと、家に上げるしかなくなる。

蛍一とのことが気になり、正直愛莉の顔を見るのはつらいのだが、昊洸は仕方なく彼女をリビングに通し、コーヒーを出した。

「あら、いい匂い。蛍一のために料理してあげてるのね。偉いわ」

「……もうすぐ帰ると思うので、少しお待ちください」

「それじゃ、それまで昊洸くんに話し相手になってもらおうかしら」

二人きりでいるのは気まずいので、テレビでも点けて誤魔化そうかと考えていると、愛莉がそう言い放つ。

「蛍一との生活はどう？　昊洸くん、昔からお兄ちゃん子だったものね。いつも蛍一の後をついて回って、可愛かったわぁ」

「……勘弁してください。俺、もう大学生なんで」

中学生の頃のことを持ち出され、昊洸は耳まで紅くなる。

「蛍一、モテるから気が気じゃないでしょ？」

「……それ、どういう意味ですか？」

愛莉の意図が読めず、困惑しながら尋ねるが、彼女は意味深な含み笑いを漏らすだけだ。

「別に、大した意味はないわ。ただ、好きな人がほかの人達からモテモテなのを、ただ見てるしかできないのって、つらそうだなと思って」

「……っ」

今まで、愛莉が自分の気持ちに気づいているのではないかと薄々感じたことはあった。

だが、こうまではっきり指摘されたことはなかったので、昊洸は動揺してしまう。

「け、蛍一は大事な家族なんで……しあわせになってほしいと思ってます」

「あら、自分以外の人に取られても？」

そう挑発され、昊洸は愛莉に強い視線を向ける。

愛莉が、どこまで自分の気持ちを見透かしているかはわからない。

だが、このままにしておける問題ではないと思った。

「……愛莉さんは蛍一のこと……まだ好きなんですか？」

ここまで言われては誤魔化しても無駄だと察し、そう問い返す。

すると彼女は、挑むように昊洸の瞳をまっすぐ見つめ返した。

「そうだって言ったら、どうするの？」

「……俺には、なにも言う権利はないです。でも……」

二人が本当に愛し合って付き合っているなら、仕方がないのかもしれない。

だが、家庭がある愛莉にとって、蛍一が単なる火遊びの相手だというなら、それは到底見過ごすことはできなかった。

「蛍一を傷つけたり、不幸にしたりしたら、許さない」

昊洸の決死の宣言を、愛莉はなぜか楽しげに聞いている。

「まぁ、怖い。大丈夫よ。私にとって、蛍一は大切なビジネスパートナーでもあるんだから。ひどい目に遭わせたりなんかしないわ」

そうからかわれ、昊洸は子どもじみた態度を取ってしまったと後悔した。

今、愛莉はかつての恋人というだけでなく、蛍一の担当編集者なのだ。

まだ社会にも出ていない、学生の自分が、おこがましいことを言ってしまったと昊洸は自己嫌悪に陥る。

しばらく沈黙し、昊洸は愛莉に向かって深々と頭を下げた。

「蛍一のこと、よろしくお願いします」

それだけ言い置き、リビングを出て自室に戻る。

しばらくすると蛍一が帰宅した気配がして、二人の話し声が聞こえてきた。

「原稿はまだ締め切りまで間があるだろう。なにしに来た？」

「やぁね、そう邪険にしないでよ。こないだのパーティーでお偉いさんと撮った写真、持ってきただけ。あなた達、目立っていて、とてもいい宣伝効果になったわよ。お疲れさま」

つい耳を澄ましてしまうと、そんな内容が微かに聞こえてくる。

自分の役目は、蛍一の架空の恋人を演じることだ。

同居を始めて、そろそろ二週間になる。

明確な期限は指定されていなかったが、パーティーで周囲に恋人がいることを知らしめたのだから、もしかしたらもう自分は用済みなのではないか？

そう気づくと、急に不安になった。

蛍一と愛莉が一緒にいるところを、見たくない。

昊洸はわざと大きめに音楽をかけ、彼らの声が聞こえないようにして布団の中に潜《もぐ》り込んだ。

――愛莉さん、やっぱり蛍一のことが好きなんだ。

でなければ、あんなことは言わないだろう。

薄々わかっていたこととはいえ、いざそれが現実だと思い知らされるとつらい。

胸が切り裂かれるようだった。


愛莉に挑発されたことは、蛍一には言えなかった。

鬱々《うつうつ》とした気分を引きずりながらも、昊洸はけなげに家事に勤しむことしかできない。

愛莉が帰った後、二人で夕飯のビーフシチューを食べ終えると、蛍一が訝しげに声をかけてくる。

「どうした？　なんだか元気がないな」

「……そんなことないよ」

蛍一に心配かけたくなくて、無理に笑顔をつくってみせる。

するとと蛍一はキッチンにあるワインセラーからワインを一本持ってきて、昊洸にもグラスをくれた。

「い、いいよ」

あまり酒に強くない昊洸はそう遠慮したが。

「いいから少し付き合え。身体が温まるぞ」

重ねて言われ、お酒を飲んだらこのもやもやとした気分が少しは晴れるかなと考える。

それじゃちょっとだけ、とグラスに半分ほど注《つ》いでもらった。

ワインのことはよくわからないが、蛍一が買ったものだからおそらくいいものなのだろう。

味も渋みがなく、飲みやすくておいしい。

ちびちび飲んでいると、確かに身体はぽかぽかと温かくなってくる。

「おまえが二十歳《はたち》になったら、一緒に酒を飲むのが楽しみだった」

「……そうなんだ」

「ようやく夢が叶ったな」

蛍一がそんなふうに思っていたなんて、知らなかった。

なんとなく嬉しくて、昊洸は少し大人になったような気がする。

蛍一が切ってくれたチーズもおいしくて、ワインをもう半分だけとねだってしまった。

蛍一も、とりとめのない話をしながら楽しげにグラスを傾けている。

「あ~なんか、ふわふわしていい気持ち~」

「普段、酒は飲まないのか?」

「うん。そんな好きでもないし、金もったいないし」

こんないいワイン、自分ではとても飲めないからねと、わけもなく笑う。

今まで酔うほど飲んだことはなかったが、これが酔っ払うという感覚なのだろうか。

「昊洸」

「ん?」

「あまり無理はするな。困った時は、いつでも私や父さん達を頼るんだぞ?」

「……うん、わかってる」

今までだったら突っ張って、俺の勝手だろなどと言い返していたが、今は素直に頷くことができた。

一時的とはいえ、蛍一と暮らして心の距離も近くなったのかもしれない。

——今までの俺、サイコーにいやな奴だったかも。

蛍一が自分を見捨てて家を出たと決めつけ、つんけん当たり散らしてきたが、蛍一はそんな態度に腹を立てるでもなく、昊洸の世話を焼き続けてくれた。

一緒に暮らしてみて、彼が本心から自分のことを考えてくれているのがよくわかる。

今までの子どもじみた態度を、昊洸は心から反省していた。

「……ごめん、蛍一」

「なにがだ？」

「……いろいろ」

「なんだ、やぶから棒に。おかしな奴だな。酔ってるのか？」

「……そう、すごい酔っ払っちゃった～」

恥ずかしいので、ここは酔ったせいにしてしまおう。

そこから先のことは、あまりよく憶えていない。

なんだかとりとめのない愚痴で蛍一に絡み、テーブルにつっぷして寝てしまったような気もする。

「予想外に絡み酒だな、おまえは」

蛍一の大きな手で頭を撫でられ、その感触が心地いい。

うつぶせたままうとうとしていると、ふいに身体がふわりと軽くなる。

「……ん？」

眠かったが薄目を開けてみると、蛍一に抱き上げられ、廊下を運ばれているのだとわかった。

「まだ飲む～」

「グラス一杯ぐらいでベロベロのくせに、なに言ってる。今日はもう大人しく寝ろ」

「や〜だ〜」

駄々をこねているうちに、自分の部屋のベッドに下ろされてしまう。

毛布をかけられ、部屋の電気を消される。

「蛍一……」

酔っていたせいで、つい自制のタガが外れてしまったのだろうか。

行かないで、そばにいて。

言葉には出さなくても、そんな思いで、つい彼のシャツの袖を掴んで引き留めてしまう。

すると。

次の瞬間、凄《すさ》まじい力できつく抱きしめられた。

――え……？

一瞬自分の身になにが起きたのかよくわからず、昊洸はただされるがままに身を任せる。

先に我に返ったのは、蛍一の方だった。

ふいに身体を離し、昊洸を再びベッドに寝かせて毛布をかけ直す。

「……早く寝なさい」

そして、それだけ言い置くと、部屋を出ていってしまった。

「蛍一……」

今の抱擁は、いったいなんだったのだろう？

酔いでまだ夢うつつの昊洸は、一生懸命考えようとしたが、そのまま深い眠りへと引きずり込まれていった。


翌朝、目覚まし時計の音で目が覚めると途端にひどい頭痛が昊洸を襲う。

「あいたた……」

たったワイン一杯程度で二日酔いか、と自分の不甲斐なさにげんなりしながら、のそのそと起き出すが、蛍一は既に出勤したようで姿がなかった。

テーブルの上には、ラップのかかったオムレツが用意されていて、蛍一が朝食を用意していってくれたのだとわかる。

食欲はなかったが、せっかく作ってくれたのだからと食べてみるとおいしくて、ぺろりと平らげてしまう。

今日は休日だったので、昊洸は罪滅ぼしに一日かけて大掃除をしようと考えた。

——はぁ……ゆうべは失敗したなぁ。

慣れない酒で酔っ払い、蛍一に迷惑をかけてしまうなんて。

蛍一と楽しく飲んだところまでは憶えているのだが、どうやって自分のベッドに戻ったのか記憶がない。

ただ、蛍一に抱きしめられたような気がしたのだが、あれも夢だったのだろうか。

その感触がまだ残っているような気がして、昊洸は思わず紅くなる。

洗濯機を二回かけてベッドカバーやシーツなどの大物を洗い、その間にバスルームや洗面所の細かいところを掃除する。

無心になって掃除をしていると、かなりストレス解消になって、二日酔いも抜けた夕方には身も心もすっきりしていた。

が、掃除にかまけて気づくともう夜六時を過ぎてしまい、慌てて近所のスーパーへ買い物に行く。

料理をする余裕がなかったので、今日のメインは手抜きで、買ってきた刺身の盛り合わせと総菜の串カツ、マカロニサラダに決定した。

——あとは味噌《みそ》汁作って、ごはん炊けばいいや。

もう少し段取りがよければ、もっと手際よくてきぱきと家事をこなせるんだけどなぁ、と反省する。

部屋に戻り、米が炊けるのを待つ間に乾いた洗濯物を畳み、蛍一の寝室へ運ぶ。

洗濯物はベッドの上に置いておく約束になっているのだ。

その時ふと、なにげなく昊洸はベッドの上で横になってみた。

蛍一は長身で大柄なので、ベッドはセミダブルだ。

毎日ここで彼が眠っていると思うと、少しドキドキする。

こっそり枕《まくら》に頬を埋《うず》めると、微かに蛍一の匂いがした。

――あ、蛍一の匂いだ。

社会人になってからは使っている整髪料が変わったが、昔から馴染みのある清潔な石鹸《せっけん》の香りがする。

こうして嗅いでいると、昔を思い出してなぜか安心した。

突然両親を亡くし、不安定になっていた頃、毎日蛍一のベッドで一緒に眠った、あの頃のことを。

もうこの想いは吹っ切らなければならないと焦っているくせに、蛍一の匂いに包まれ、安堵している矛盾に情けない気分になる。

――はぁ……俺って格好悪いよな……。

誰も見ていないのをいいことに、昊洸は膝丈のフレアスカートを穿いているにもかかわらず、蛍一のベッドの上で大の字になる。

ひどく、いい気持ちだ。

このままずっと、蛍一の匂いに包み込まれていたい。

そんなことを考えているうちに、ふっと意識が遠のく。

「……昊洸、昊洸」

誰かに肩を揺すられ、昊洸ははっと目を開ける。

「……え?」

慌てて跳ね起きると、ベッドサイドにスーツ姿の蛍一が立っていた。

どうやら、うっかり寝入ってしまったらしい。

「ご、ごめん……!」

急いでベッドから下りるが、蛍一のベッドで眠っていたところをよりによって本人に見られてしまい、ひどく気恥ずかしかった。

「せ、洗濯物置きに来たんだけど、ちょっと横になったら寝ちゃった。ははっ」

笑って誤魔化すが、蛍一はなぜか昊洸と視線を合わせようとしない。

「蛍一……?」

「なんでもない」

それだけ言うと、蛍一は背中を向けてスーツの上着を脱ぐ。

彼が着替えを始めたので、昊洸はそそくさと部屋を出てキッチンへ戻った。

急いで味噌汁を温め、食事の準備を調える。

いつものように二人での夕食が始まったが、依然として蛍一は言葉少なだった。

なんだか、沈黙が気まずい。

「今日は手抜きでごめん。明日はちゃんと作るね」

なにげなくそう言うと、蛍一は静かに箸《はし》を置いた。

そして、一拍置いて告げる。

「明日からしばらく、帰りが遅くなる。帰らない日もあるから、当分夕飯は用意しなくていい。一人で食べて、先に寝ていろ」

「え……いつまで？」

「まだ仕事の目処《めど》がつかないんだ。きちんと戸締まりするんだぞ」

「……うん、わかった」

ここしばらく帰りが早かったので、急にどうしたんだろうと思っているうちに、さっさと食事をすませた蛍一はシャワーを浴びに行ってしまった。

――おかずは手抜きだったけど、味噌汁だけは自信あったのにな……。

いつものようにおいしいと言ってもらえなかっただけで、落胆が大きい。

だが、きっと蛍一は仕事で疲れていて余裕がないのかもしれない、と自分に言い聞かせ、昊洸は食器を片付けた。


翌日、いらないと言われたが、一応蛍一の分も夕飯を作り、しばらく待っていたものの、宣言通り蛍一は帰ってこなかったので、やむなく一人でもそもそと寂しい食事をすませる。

言われた通りにしないと蛍一がうるさいので、大人しくベッドに入ってはみたものの、なかなか寝つけない。

耳を澄ませ、蛍一が帰宅した気配を聞き逃さないようにしているうちに、時計の針は深夜を回り、ついうとうとしてしまう。

次に目覚めたのは目覚まし時計のベルの音で、昊洸はがばっとベッドから跳ね起きた。

裸足《はだし》のままダイニングに走っていくと、昨晩用意しておいた蛍一の分の夕飯は綺麗になくなっていた。

キッチンを覗いてみたが、捨てた様子はないので、帰宅してから食べてくれたらしい。

まるで夕飯の礼だというように、テーブルの上にはまたオムレツにラップがかけられて置かれていた。

そっと触れてみると、まだ温かい。

どうやら深夜帰宅した蛍一は、わずか数時間の睡眠を取り、昊洸の朝食を作って今しがた出かけたようだ。

「……なんだよ、顔も見せないで。これじゃ礼も言えないじゃんか」

少しむくれた昊洸だが、蛍一のオムレツは大好物だったので、ありがたくいただくことにする。

こんな生活はしばらくのことで、またすぐ一緒に夕飯を食べられると思っていた昊洸だったのだが。

それから一週間経っても蛍一は深夜に帰宅し、早朝昊洸が起きる前に出かけてしまう日々が続いた。

さすがに土日は会えるかと思いきや、接待ゴルフで伊豆《いず》に一泊とのことで、やはり顔すら見られない。

——なんか俺、一人暮らし状態じゃね？

薄々気づいてはいたものの、認めたくなかった現実。

やはり蛍一は、自分を避けているのではないだろうか。

——もしかして、なにか蛍一の気に障《さわ》ることとしちゃったのかな？

食事を作って待たれるのが、鬱陶《うっとう》しかったのか？

それとも自分の生活態度に問題があったのか？

考え出すと、あれもこれも原因のようで、昊洸は疑心暗鬼《ぎしんあんき》に陥る。

よし、今日こそは、と昊洸は眠い目を擦《こす》りながらまんじりともせず、蛍一の帰宅を待った。

そして、深夜一時過ぎ。

小さく玄関の開く音が聞こえ、ソファーでうとうとしかけていた昊洸ははっと跳ね起きる。

「お、お帰り」

これを言えるのも久しぶりで、少し嬉しい。

だが、蛍一はリビングで待っていた昊洸を見ると、なぜか視線を逸らした。

「……こんな時間まで起きてたのか。先に寝ていろと言ってるだろう」

「だって、もう一週間もろくに顔も見てないんだよ？　こんな数時間しか寝てない生活続けてて、蛍一、身体は大丈夫なのか？　こんな無理続けてたら、そのうち倒れるだろ。そんなに仕事忙しいのかよ？」

なにより蛍一の身体のことが心配だったので、このところ抱えていた不安をぶつける。

「それとも……俺がいるから、うちに帰りたくないだけとか……？」

恐る恐る、そう核心に切り込んで蛍一の表情を窺う。

「……つまらんことを言ってないで、早く寝ろ」

短くそう答えた蛍一は、やはり目線を合わせてはくれなかったので、昊洸は自分の言葉が真実だったという残酷な現実を悟った。

「はは……やっぱりそうだったんだ」

絶望のあまり、それまで張り詰めていたなにかが、ぷつりと切れたような気がして。

「でも、仕方ないか。蛍一はさ、俺のこと邪魔だったんだもんな」

「なにを言っている？」

「だって……！　そうじゃないか！　うちからだって会社通えるのに、一人暮らし始めたのは、俺の面倒を見るのがいやになったからなんだろ⁉」

とっくにわかっていたはずなのに、知っていたはずなのに。

ここに来いと言われて、架空の恋人役にしてもらえて、蛍一のそばにいられて、嬉しかった。しあわせだった。

この時間が永遠に続けばいいいと思った。

なのに蛍一は、いったん差し伸べた手をまた残酷に振り払うのだ。

「……もういい。わかった」

低くそう吐き捨て、昊洸はリビングを出る。

「昊洸、待て。ここを出ることは許さんぞ。わかったな?」

その言葉を無視し、昊洸は自室に駆け込んで鍵をかけた。

そのままずるずると床に座り込み、膝を抱える。

「……ぅ……くっ」

悲しくて、悔しくて。

溢《あふ》れてくる涙を誤魔化すために、両膝に顔を押しつけた。

――俺、一人で浮かれててバカみたいだ。

蛍一に負担をかけていたことにも気づかず、彼との同居生活を楽しんでいたなんて。

――残酷だよ、蛍一は。

彼の匂いに包まれた、この部屋で、たった一人で暮らせというのか。

恋しい人のそばにいても、こんなにも心は遠い。

かけがえのない家族に恋をしてしまった時から覚悟はしていたものの、そのつらさは昊洸を打ちのめした。

蛍一はああ言っていたけれど、もうこれ以上ここにはいられない。

やはりここを出ていくしかないと決め、昊洸はのろのろと荷物をまとめ始めた。

とはいえ、ほとんど身一つで連れてこられたので、自分のものはリュック一つに収まる程度しかない。

蛍一は既に出勤した後で、昊洸はしばらく慣れ親しんだ部屋を最後にぐるりと見回した。

女性用の服もメイク道具もすべてそのまま残し、昊洸は『自分から勝手に仕事を放棄するので、報酬は辞退する』という旨《むね》を走り書きした手紙を部屋に残し、蛍一の部屋を後にした。

最後に、ポストに合鍵を入れると、もう二度とここへは戻らないのだと思うと胸が詰まり、涙が出そうになる。

蛍一と二人で暮らせて、一緒にごはんが食べられて、笑って。

これ以上はないくらいに、しあわせだった。

――さよなら、蛍一。

悲しみを振り切り、昊洸は大学へと急ぐ。

「あのさ……悪いんだけど二、三日泊めてもらえないかな？」

大学に到着すると、まとめた荷物をロッカーに押し込み、昊洸は真っ先に高橋を探し、そう頼み込んだ。

アパートに戻るのは簡単だが、すぐ蛍一に見つかっていろいろ面倒なことになりそうだと思ったのだ。

なので、ほとぼりが冷めるまで、しばらく雲隠れしようと思ったのだが……。

「あ～悪い。うち、今実家の弟が東京《とうきょう》に遊びに来てるんだ。あと一週間くらいはいる予定なんだよ」

「……そっか」

高橋の部屋は1Kのアパートなので、もう一人泊めてくれとはとても言えない。

野中は実家暮らしなので頼めるはずもなく、昊洸は途方に暮れた。

「アパートに帰れない事情でもあるのか？　誰か泊めてくれる奴、探してやろうか？」

「ううん、大丈夫。ほかにもアテがあるから」

本当はアテなどなかったのだが、高橋に気を遣わせるのが悪くて、昊洸は次の講義へ移動するため歩き出す。

次は二人とは選択しているものが違うので、一人だ。

――どうしよう……やっぱアパートに戻るしかないか。

そんなことを考えながら歩いていると、ふいに背後から声をかけられる。

「うちでよかったら、泊まるかい？」

驚いて振り返ると、そこに立っていたのは小早川だった。

「先生」

「さっきの話が聞こえてしまってね。僕の部屋は2LDKだから、いつまでいてもいいよ」

「え、でも……ご迷惑じゃないですか？」

さすがに講師の家に泊まるのはどうなんだろう、とためらっていると、小早川は「気楽な一人暮らしだから、遠慮しなくていいよ」と言ってくれた。

「なにか事情があるんだろう？　よけいなことは聞かないから、遠慮しなくていいよ」

「……ありがとうございます」

重ねて言われ、とりあえず一晩だけお世話になることにする。

そんなわけであっさり話はまとまり、昊洸は小早川が講義が終わるまで駅前のカフェで時間を潰すことにした。

その間も、何度か蛍一から着信とメールがあり、「今どこにいる？」と聞かれる。

どうやら、昨晩のことがあるので、昊洸が出ていくのではないかと警戒しているようだ。

――頼むから、俺のことはもう放っておいてくれよ。

迷惑に思われながら、そばに居続けるのはつらすぎる。

もうこのまま、蛍一の前から消えてしまいたかった。

返信は無視したが、下手をすると、また大学まで迎えに来られてしまうので、小早川との待ち合わせも別の場所にした。

蛍一との契約のせいで、バイトは辞めてしまったので、また探さなければ。

バイト情報誌を買おうかな、などと考えながらレポートを書く。

これでいい。

こうして、今まで通りの生活に戻るだけなのだから。

蛍一と二人きりの生活は夢のように楽しかったが、やはり夢はいつか覚めるものだ。

――ふんだ、邪魔者がいなくなったんだから、これで心おきなく愛莉さんを部屋に呼べるんじゃねぇの？

必死に悪態をつき、蛍一を嫌いになろうと努力するが、それは徒労に終わった。

たとえ、なにがあっても、どんなひどいことをされたとしても、好きなのだ。

その気持ちは揺るぎないもので、自分はこんなにも執念深かったのかとショックを受けるほどだった。

いつしかレポートを書く手が止まったまま、物思いに耽《ふけ》っていると。

「お待たせ」

ふいにぽんと肩を叩かれ、我に返る。

いつのまにか、小早川が迎えに来てくれていたのだ。

「裏に車停めてあるから、このまま僕の部屋に行こうか」

「す、すみません、ぼんやりしてて」

いけない、蛍一のことばかり考えてしまう自分を反省しながら、昊洸はカフェを出て小早川の車の助手席に乗った。

小早川の自宅は、大学から車で二十分ほどの距離にあり、外観はなかなかの高級マンションだった。

「立派なマンションですね」

「両親が税金対策に買ったものでね。僕が好きに使わせてもらってるんだ」

どうやら小早川の実家は、かなり裕福らしい。

昊洸を迎えに来る前にどこかで買い物をしてきたのか、小早川は後部座席に積んであった荷物を手に、駐車場からエレベーターで部屋へ向かった。

言っていた通り、部屋の間取りは2LDKだが、かなり広めで、八十平米はありそうだ。

独身一人暮らしにはかなり贅沢《ぜいたく》な住まいは、モノトーン調の洒落《しゃれ》た家具で統一され、整然と片付いている。

「わぁ、先生の部屋、モデルルームみたいですね」

「はは、褒めてもなにも出ないよ」

物珍しさに旲洸がリビングのインテリアを見て回っているうちに、小早川はキッチンに立っていた。

「せっかく教え子が泊まりに来てくれたんだ。簡単だけど夕飯作るから、少し待ってて」

「え、そんな、いいですよ。俺、カップ麺《めん》とかで」

泊めてもらえるだけでもありがたいので、その上料理まで作らせるなんて、と旲洸は慌てて遠慮したが。

「僕も食べるんだ。一人分も二人分も手間は変わらないよ。なにか駄目な食べ物はある？」

「いいえ、大丈夫です。ありがとうございます」

手伝います、と申し出たが、お客さんにそんなことはさせられないと断られてしまい、やむなく旲洸はリビングの大画面テレビで、小早川が撮影したという旅行ビデオを見せてもらうことにした。

単なる記録ビデオかと思いきや、ちゃんと編集されていて、現地の人々との交流シーンがあったりと、まるでドキュメンタリー番組のようだ。

「先生、こんな趣味があったんですね」

「記録するのが趣味なんだ。写真も撮るよ。後で見せてあげよう」

そんな話をしているうちに、小早川は手早くムール貝のボンゴレと仔羊肉のローストを作ってくれた。

「わ、おいしそう！　料理もできるなんてすごいですね」

「外食は太るからね。できる時には、なるべく自炊するようにしてるんだ」

言われて見ると、リビングのテレビ台の上にはマラソン大会やジョギング中の写真がフォトフレームに入れられ、何枚も飾られていた。

どうやら小早川は、自身の体型を並々ならぬ努力でキープするタイプのようだ。

――でも、飾ってあるの、自分の写真ばっかりだな。

そこになんとなく違和感があったが、二人で小早川の作った料理をいただく。

赤ワインを勧められ、いったんは断ったが「付き合ってくれないと僕も飲みにくいから」と重ねて言われ、少しだけもらうことにする。

とはいえ、また二日酔いになってしまうかもしれないので、一口だけ飲んで後はほとんど手をつけなかった。

「味は口に合うかな？」

「はい、すごくおいしいです」

確かに小早川のイタリアンはそれなりの出来だったが、どうしても脳裏に浮かんでしまうのは、蛍一が作ってくれた料理だ。

こうして他人の料理を食べてみると、薄味好みの昊洸に合わせて作ってくれていたのだと初めてわかる。

――ダメだ、また蛍一のこと考えちゃってる。

蛍一とはもう、家族としても距離を置くことに決めたのだ。

このまま距離を置き、会わないようにしていれば、時間がすべてを解決してくれるだろう。

「どうかしたのかい？」

「い、いいえ、なんでも……」

小早川に声をかけられ、焦った拍子に手元にあったワイングラスを倒してしまう。

「あ……！」

グラスに残っていた赤ワインが零《こぼ》れ、昊洸の白いパーカーの袖口にかかってしまった。

「す、すみません。ワイン零してしまいました」

「そんなのいいから、袖を洗っておいで。洗面所はあっちだから」

赤ワインの染みは、すぐに洗わないと落ちなくなる。

その言葉に甘え、昊洸は洗面所でパーカーを脱ぎ、シャツ一枚になって袖口をよく洗った。

幸いすぐ処理したので、ほとんどわからないくらいになったのでほっとする。

そのうちに、なんだか妙に暑くなってきた。

普段にはない身体の異変に、もしかして熱でもあるのだろうかと訝しむ。

よく絞ったパーカーを手に、リビングへ戻ろうと廊下を歩いていると、視界の隅にある部屋のドアが開いているのが映った。

——こっちにも部屋があるんだ。寝室かな？

通りすがりになにげなく見ると、部屋の壁に一着のパーカーがハンガーにかけられ、恭しく飾られていた。

なぜだかその服に見覚えがあるような気がして、しばらく考え、はっと気づく。

——これ……ロッカーから盗まれた、俺のパーカーじゃ……？

いけないとは思いつつ、こっそり電気を点け、部屋へ入ってみるが、近くで見てもそれは間違いなく自分の服だった。

——でも、どうしてこれが先生の部屋にあるんだ……？

信じたくはないが、答えは一つしかない。

咄嗟に昊洸はジーンズの尻ポケットからスマートフォンを取り出す。

ずっと切っていた電源を入れたが、蛍一にかけようとして思わず動きを止める。

自分から蛍一の元を飛び出してきたくせに、いざ困ったことが起きたら、また彼に頼ろうというのか？

そんな虫のいい話が通用すると思っているのかと、己を叱咤《しった》した、その時。

電源を入れたばかりのスマートフォンが、唐突に鳴り出す。

着信音で小早川に気づかれる、と焦った昊洸は反射的に応答してしまった。

『もしもし、昊洸か？　今どこだ？』

電話は、まるでこの状況を見透かしていたかのように蛍一からだった。

「蛍一……」

『マンションにはいないし、電話は繋がらないし、アパートで待っていても帰ってこないから、心配したぞ。今どこにいるんだ？　迎えに行くから』

大好きな蛍一の声に、思わず甘えたくなる。

だが、その衝動を昊洸はすんでのところで踏み止《とど》まった。

蛍一が自分の身を案じてくれるのは、家族だからだ。

決して自分と同じ感情からではない。

だからもう、その優しさに甘えてはいけないのだ。

「お、俺は平気だから……大丈夫だから心配すんなよな。じゃ」

『おい、昊洸？』

蛍一の呼びかけを無視し、一方的に電話を切る。

そして急いで部屋の電気を消し、リビングへ戻った。

身体が、ひどく熱い。

シャツ一枚なのに額《ひたい》に汗が滲《にじ》んできて、昊洸は手にしていたパーカーでそれを拭《ふ》いた。

なんとか口実をつけて、ここから脱出しなければ。

「染み、落ちたかい？」

「は、はい、なんとか」

リビングで待っていた小早川に、昊洸はぎこちない笑顔で応じる。

「あ、あの先生、申し訳ないんですけど急用ができちゃって。今日はこれで失礼します」

「あれ、泊まるところがないんじゃなかったの？」

「は、はい、でもちょっと行かないといけないところがあって」

そそくさと自分のリュックを手にし、昊洸は「夕飯ご馳走さまでした」とぺこりと一礼した。

「なにをそんなに急いでいるんだい？　せめて夕飯を食べ終えてからでもいいじゃないか」

「で、でも時間がなくて……」

しどろもどろに言い訳をしているうちに、身体の熱はどんどん上がってくる。

あまりの暑さに、昊洸はいつしかはぁはぁと大きく胸を上下させるほど喘《あえ》いでいた。

おかしい、これはどう考えても普通ではない。

ようやくそう気づいた時には既に遅く、両膝の力が入らなくなり、リビングの床にそのままへたり込んでしまう。

「う……」

立ち上がろうとしたが身体がいうことをきかず、起き上がれなかった。

「やれやれ、やっと効いてきたか。きみがワインをあまり飲んでくれないから、なかなか効果が出ないんで焦ったよ」

ナプキンで優雅に口元を拭い、席を立った小早川が、昊洸の元へやってきてしゃがみ込む。

「先生……まさかワインになにか……」

「心配しなくていい。常習性のない薬だから。ただ、少し動きが鈍くなって、気持ちよくなるだけだからね」

優しく微笑み、小早川は喘ぐ昊洸の顎《あご》に指をかけて上向かせた。

「く……っ」

昊洸はいうことをきかない身体で、必死にその手を払いのけ、這《は》いずるようにしてリビングから逃げようとする。

が、容易《たやす》く取り押さえられ、どこに用意していたのか、後ろ手に手錠をかけられてしまった。

「な、なぜこんなことするんですか⁉」

「なぜだって？　しらばっくれていけない子だね。今まで僕の気持ちを知りながら、さんざん焦《じ》らしてきたくせに。でも、許してあげるよ。本当に困った時、きみは僕を頼ってくれたんだから」

「なに……言って……？」

昊洸にしてみれば、小早川に口説かれた記憶など微塵《みじん》もないのだが、彼の脳内では自分がさんざん彼を焦らし、勿体《もったい》をつけて今日ようやく彼のものになる決心をしたということになっているらしい。

「ご、誤解です！　俺、そんなつもりは……」

「そうそう。いいものを見せてあげよう。僕の作品の中でも、とっておきなんだ」

昊洸の必死の訴えを無視し、小早川はなぜかディスクを取り出し、レコーダーにセットした。

やがて再生された映像は、恐るべきものだった。

『や、やめてください、先生……！』

テレビ画面には、自分と同じように後ろ手に手錠をかけられた青年がアップで映し出され、青ざめた様子で懇願している。

『ほら、僕が撮影してるんだから、笑って。笑うんだよ、ほら』

そう叱咤しているのは、撮影しているらしい小早川の声だ。

脅され、為《な》す術《すべ》もない青年は、怯《おび》えながらも必死にぎこちない笑顔をつくる。

『そう、いい子だね。恋人にはいつも笑顔を見せなくちゃ。僕は笑顔の可愛い子が好きなんだ』

『せ、先生、お願いだから帰らせてください』

『ふふ、そんな心にもないことを言うのはおよし。もう、僕に抱いてほしくて、身体が火照《ほて》ってたまらないんだろう？』

撮影を続けながら、小早川の右手が青年のはだけたシャツの隙間から入り込み、無遠慮にその肌を撫で回す。

『や……ぁ……っ』

昊洸と同じように、媚薬《びやく》かなにかを盛られているらしい青年がよがり声を上げたので、それ以上見ていられず昊洸は思わず顔を背けてしまった。

「ああ、ごめん。前の恋人との映像を見せるなんて、マナー違反だよね。でも、きみには僕のすべてを知っていてほしいんだ。わかってくれるね？」

「先生……」

小早川の恋人の定義は、恐ろしく歪《ゆが》んでいる。

恐らく青年は、この映像を撮られ、それを盾にその後も小早川に関係を強要され続けたに違いない。

そして、そのターゲットが、今度は自分に移ったということなのだろう。

「ふふ、きみは肌も綺麗だね。さぁ、笑って」

昊洸が映像に気を取られているうちに、小早川はいつのまにかハンディーカメラを片手に撮影を開始していた。

「や、やめてください！」

「僕の言うことが聞けない子には、おしおきが必要になるんだけどなぁ」

小早川が、ジーンズの尻ポケットからサバイバルナイフを取り出す。

言葉とは裏腹に、彼が終始笑顔なことに、背筋がぞっとした。

このままでは、映像の青年と同じように、小早川の餌食《えじき》にされてしまう。

さきほど意地を張り、電話で蛍一に助けを求めなかったことを後悔したが、もう遅かった。

「なくなったパーカー、見つけましたよ。ロッカーのあれも、先生だったんですね」

「怖がらせて悪かったよ。ああすれば、きみが僕に頼ってくれるかと思ってね」

確かに、まんまとその策略にはまり、よりによって犯人に防犯グッズ店を紹介してもらった自分のバカさ加減に腹が立つ。

「俺は……先生と付き合う気はありません。恋人にも、なれないです」

それでも、毅然《きぜん》としてそう言い放つ。

「案外意地っ張りなんだな、きみは。でも、僕と結ばれれば、きっと気が変わるよ」

鈍く光る刃を突きつけられ、背筋に冷たいものが伝った。

「せ、先生……」

「じっとして、動くと危ないよ」

優しく言って、小早川はナイフを昊洸のシャツの隙間に差し込む。

ひやりと冷たい刃先が肌に触れ、昊洸は思わずひっと喉を引きつらせた。

ナイフをゆっくりと移動させた小早川は、器用にボタンを一つ一つ飛ばし始める。

やがてシャツの前をすべてはだけられてしまったが、後ろ手に拘束されている昊洸には為す術がない。

「お願いです、考え直してください。こんなの間違ってる……！」

「口ではそんなことを言っていても、身体に聞いてみないとね」

昊洸の懇願などはなから耳を貸す気はないらしく、小早川は昊洸のベルトを外し、次にジーンズを脱がせにかかる。

――もう駄目だ……っ。

その間も、舐《な》めるように半裸のあられもない姿を撮影され続け、屈辱に昊洸は唇を噛む。

こうなったら、ナイフで怪我《けが》をする覚悟で小早川に体当たりを食らわせようか、そんな捨て身の行動に移ろうとした、その時。

ふいにインターフォンが鳴り、小早川も昊洸もびくりとその音に反応した。

「……誰だ、こんな時間に」

小早川は当然のようにそれを無視したが、チャイムは執拗《しつよう》なほど繰り返され、鳴りやむ気配がない。

それでもしばらく息を殺し、反応しないでいると、今度は凄まじい力で玄関のドアを拳で叩く音が聞こえてきた。

「いるのはわかってます！　緊急の用事なので、ここを開けてください！」

廊下でそう叫んでいる、その声は……。

「……蛍一？」

なぜ、彼が小早川の部屋を知っているのだろうか。

昊洸が混乱しているうちに、ドアを叩く音はさらに激しくなる。

隣近所の目があると焦ったのか、小早川が急いで昊洸の口にタオルを押し込み、声を出せないようにしてから急いで応対に向かった。

「ちょっと、なんなんですか。こんな時間に近所迷惑じゃないですか。オートロックなのに、どうやって入ったんです？」

「住民の方にお願いしました。非礼は重ねてお詫びします。私は洲崎昊洸の兄の蛍一と申します。うちの弟がお邪魔しているはずなのですが」

「来ていませんよ。お引き取りください」

そんな二人のやりとりが、玄関の方から聞こえてくる。

このままでは、小早川に言いくるめられて、蛍一が帰ってしまう。

昊洸は必死に身体を反転させ、両肩と膝の力を使ってなんとか立ち上がり、廊下へ転がり出た。

そして、力任せに口に押し込まれていたタオルを吐き出し、声の限りに叫ぶ。

「蛍一……！」

その声は、確かに蛍一の耳に届いたと思う。

「昊洸！」

「待て！　人の家に勝手に入るな。警察を呼ぶぞ！」

「望むところだ。呼べるものなら呼んでみろ」

二人が激しく揉み合う気配がし、なにか花瓶のようなものが落ちて割れる音がする。

その間も、昊洸は必死に床を這いずって廊下を進み、なんとか二人の元へ向かった。

ようやく辿《たど》り着くと、ナイフを構えた小早川が蛍一と対峙《たいじ》しているところだった。

「蛍一……！」

第一撃をかろうじて躱し、間合いを取った蛍一は着ていたスーツの上着を脱ぎ、それを右腕に巻く。

「こっちへ来るな。下がっていろ！」

「で、でも……！」

その間にも、我を失った小早川が滅茶苦茶にナイフを振り回し、蛍一に突進していく。

「き、貴様が兄貴面して僕と昊洸の仲を裂くんだな。僕達の恋の邪魔をするなぁ……！」

叫びながら切りつけられるのを、スーツでガードした右腕で防ぎながら、蛍一も必死に小早川に立ち向かい揉み合いが続いた。

一瞬の隙を見つけ、蛍一が小早川の足を引っかけて転ばせると、なんとか力尽《ず》くで彼を床に引き倒す。

その手から落ちたナイフをすかさず蹴り飛ばし、うつぶせに取り押さえた小早川の上に体重をかけて押さえ込む。

「蛍一！」

「は、離せ！」

まだ暴れている小早川を苦労して押さえ込みながら、蛍一はスマートフォンで一一〇番し、警察を呼んだ。

「昊洸、無事か？」

「蛍一……っ」

蛍一が、取り押さえた小早川のポケットを探り、手錠の鍵を見つけて放って寄越《よこ》す。

昊洸はそれを後ろ手で拾い、なんとか自力で拘束を解いた。

ようやく自由になると、急いで蛍一に加勢する。

一人では、暴れる小早川を取り押さえるのが大変だからだ。

が、それまで夢中で気がつかなかったが、ふと見ると蛍一の左腕のワイシャツが切られ、赤黒く染まっている。

それが血だとわかるまで、少し時間がかかった。

理解した瞬間、昊洸は顔面蒼白《そうはく》になる。

「け、蛍一……血、血が……！」

「大した傷じゃない。もうすぐ警察が来る。しっかり押さえていろ」

有無を言わせぬ口調で命じられ、やむなく言う通りにするしかない。

通報からパトカーが到着するまでは、おそらく数分だったと思うが、昊洸にとっては無限のような長さに思えた。

ただもう、蛍一の怪我のことで頭がいっぱいで、心配で仕方がなかった。

深夜近く、昊洸は大学病院の無人の廊下で待合椅子に一人ぽつんと立っていた。

やがて駆けつけた警官達に小早川を引き渡すと、蛍一と昊洸はすぐ救急車でこの病院に搬送されたのだ。

昊洸も得体の知れない薬を盛られたため、一応検査を受けたが、幸い少量しか口にしなかったので短時間で効き目は切れ、自力で歩いてこられたので問題ないと診断された。

『蛍一を、蛍一を病院に連れてって……！』

身体がうまく動かないながらもひどく取り乱す昊洸に、宥める警官は苦労したようで、少し落ち着いてきた今思い出すと恥ずかしくなってくる。

蛍一が負傷しているということもあり、事情聴取は日を改めてということになり、昊洸はこうして一人、蛍一の治療が終わるのを待っているというわけだ。

――もし、蛍一の腕が動かなくなったりしたら、どうしよう……。

どうしても、頭をよぎるのは最悪の想像ばかりだ。

それもこれも皆、自分のせいだ。

蛍一の忠告を聞かず、のこのこと自ら狼《おおかみ》の巣穴に入っていったなんて、自分で自分を殴りつけたくなる。

ひどい自己嫌悪に陥り、頭《こうべ》を垂れていると、ふいに診察室のドアが開き、蛍一が出てきた。

怪我を負った左腕のワイシャツの袖口は切り取られ、その隙間から包帯が覗いている。

その痛々しい姿に、ぎゅっと胸を鷲摑《わしづか》みにされたような気分だった。

「蛍一……！」

思わず駆け寄り、矢継《やつ》ぎ早《ばや》に質問する。

「け、怪我の具合は⁉　入院するの？　腕、動かなくなったりしないよね⁉」

「大丈夫だから、まずは落ち着け」

右手でぽんぽんと、宥めるように頭を撫でられる。

「おまえこそ、おかしな薬を飲まされたらしいな。身体は大丈夫なのか？」

普段は子ども扱いされているようで不満だったのに、こうされると溢れ出しそうだった不安がすっと引いていく。

と同時に、ひどい罪悪感がよみがえってきて、それまで必死に堪えていたなにかがぷつりと切れてしまった。

「ごめん、蛍一……俺のせいで、ごめん……っ」

やっとの思いで口に出すと、唐突に涙が溢れてきた。

「昊洸？」

「なんでもない……蛍一の顔見たら、ほっとしちゃって……」

どうしよう、涙が止まらない。

自分でもどうにもしようがなくて、昊洸は子どものように声を上げて泣いた。

すると、蛍一が自由になる右腕で昊洸を抱き寄せ、胸の中に抱きしめる。

「怖かったんだな。もう大丈夫だから」

「……蛍一」

「どこにいても、おまえになにかあったら必ず俺が駆けつけて助けてやる。だからもう泣くな」

違う、自分が泣いているのは、小早川に襲われたことが怖かったからではない。

蛍一に怪我をさせてしまったことへの自己嫌悪と、蛍一を失ったら生きてはいけないことを改めて思い知らされたからだ。

けれど、それを説明することはできなくて、昊洸は彼の胸にしがみつき、身も世もなく泣き続けた。


その晩は絶対にアパートへは帰さないと宣言され、昊洸は再び蛍一のマンションへと連れられ、戻ってきた。

だが、結果的にそれでよかったのかもしれない。

部屋に着くと、蛍一は怪我のせいか熱を出したからだ。

「大変だ、早くベッドに入って！」

左手が使えない彼の着替えを手伝い、パジャマを着せるとベッドに横たわらせる。

突然の高熱は怪我のせいなので、病院からはそれを見越して解熱剤と抗生物質が処方されていたので、それを飲ませた。

薬を飲むと、少し落ち着いてきた蛍一だったが、昊洸は心配で片時もそばを離れられない。

「もう大丈夫だから、おまえももう寝なさい」

「やだ、ここにいる」

頑として聞かない昊洸に、ため息をついた蛍一は寝ていた布団をめくって言う。

「布団の中に入るなら、ここにいていい。朝までそんなところにいたら、風邪をひくだろう」

「……うん」

この年で同じベッドで寝るなんて、と少したためらったけれど、今夜だけはどうしても離れたくなくて、昊洸は大人しくこっくりする。

薬のせいか、蛍一はすぐに軽い寝息を立て始め、隣に横たわった昊洸はこっそり彼の寝顔を眺めた。

自分のせいで蛍一に怪我をさせてしまい、どうしていいかわからないほど苦しかったが、反面彼が身を挺《てい》して自分を助けに来てくれたことがとてつもなく嬉しい。

自分はなんて罪深いんだろう、と後ろめたさを感じながらも、昊洸は飽きることなく最愛の兄の寝顔をいつまでも眺め続けた。


翌日、蛍一は仕事を休み、昊洸を連れて警察の事情聴取に向かった。

警察のお世話になるのは初めてだったので緊張したが、詰まったところは蛍一がうまく助け船を出してくれたので助かった。

大学でのストーカー行為の件もすべて話すと、担当の刑事は小早川が前の勤務先の大学でも同じような事件を起こして不起訴になったことがあったと、こっそり教えてくれた。

彼の親が莫大《ばくだい》な慰謝料と和解金を払って被害者が示談に応じたため、講師としての仕事を失うこともなかったらしい。

だが、今回は誘拐と蛍一に怪我を負わせた傷害罪、ストーカー規制法違反等の罪状が揃っていて、しかも昊洸以外に同じ大学で被害に遭った男子学生があと二人いたので、実刑になるのは間違いないだろうとのことだった。

一見好青年に見えて、学生達から評判もよかった小早川が、まさか自分のほかにもストーカー行為をしていたとは、被害に遭った今ですらまだ信じられない。

かつて小早川が、「高橋達が世間体のために女性に興味があるふりをしているのでは」と言っていたが、あれは自分のことだったのだろう。

一通り事情聴取が終わり、解放された二人は車で蛍一のマンションへと戻る。

「しかし、あれだな。私も初めて警察の事情聴取を体験したが、刑事ドラマみたいにカツ丼は出てこなかったな」

「……カツ丼食べさせてもらえるのは容疑者じゃないの？」

「あぁ、そうだったかな」

昊洸がずっと落ち込んでいたせいか、蛍一がそんな冗談を言う。

しかし、昊洸の気持ちは依然として晴れなかった。

無防備だったと叱られて当然なのに、蛍一がなにも怒らないのがよけいにつらい。

部屋に戻ると、まだ蛍一は本調子ではないので寝ていた方がいいと勧めるが、問題ないと言ってソファーに座る。

事件以来、まだ落ち着いて話をする暇がなかったので、蛍一はなにか言いたいのだろうと察し、昊洸も向かいに座った。

そして、先に切り出す。

「ごめん、蛍一」

「なにがだ？」

「まだちゃんと、謝ってなかったから。心配かけて、ごめんなさい」

蛍一の顔を正視する勇気がなく、俯いた昊洸はもごもごと呟く。

「でも、どうして俺が先生の家にいるってわかったんだよ？」

ずっと不思議に思っていたことを質問すると、蛍一はなぜか眉をひそめ、苦しげに唸り出す。

「急に熱が上がってきたかな……やっぱり寝るか」

「なに、その反応」

これは怪しいと、昊洸はさらに追及する。

「隠してることがあるなら、ちゃんと説明しろよな」

「……」

それでも、しばらくは往生際悪く無言の抵抗を続けていた蛍一だったが、もはや言い逃れはできないとあきらめたのか、不承不承話し始めた。

「……実はおまえが寝ている間にスマホのアプリをいじって、ＧＰＳで居場所がわかるようにしておいたんだ」

「ええっ⁉」

とんでもない告白に、昊洸はつい大きな声を上げてしまう。

「勝手なことをして悪かった。だが、おまえがストーカーに狙《ねら》われていると知って、心配でたまらなかったんだ。あんなものをポストに入れられて、アパートまで突き止められてると知ってはとてもおまえを帰す気になれなかった。強引にここに住まわせてからも油断はできないと、万が一のために……すまなかった」

と、蛍一が潔く頭を下げる。

「でも、GPSって大体の位置はわかっても、マンションの何階かまではわからないんだろ?」

「おまえの知り合いや関係者の住居は把握済みだ。近くまで行って、小早川の部屋だとわかったんだ」

「……蛍一、やっぱ探偵とか雇ってるだろ」

そう突っ込むと、また蛍一が「ううむ……熱が」と具合の悪いジェスチャーをするので、それ以上は追及しないことにした。

最初から、薄々おかしいとは思っていたのだ。

いくら女装した自分との『密会』写真をスクープされたからといって、一緒に暮らす意味はあったのだろうかと。

「……もしかして、架空の恋人役を依頼してきたのも、俺を守るためだったたの?」

「ああでも言わないと、おまえは絶対私の部屋には泊まらなかっただろうからな」

やはり、蛍一があんな契約を持ち出したのは、自分をストーカーから守り、保護するためだったのだ。

たまたま週刊誌に写真を撮られたのがいい口実になった、と蛍一は続ける。

「……どうして？」

「え……？」

「どうして、そこまでしてくれるんだよ？　俺が弟だから？」

その問いに、蛍一は目線を逸らし、答えなかった。

自分で聞いておいて、昊洸はその返事を聞きたくない、と咄嗟に思った。

そうだ、弟だからだと言われてしまうのを、聞きたくない。

その前に、長年胸に秘めてきたこの想いをぶつけてしまおう。

そう決断し、昊洸はその場で立ち上がった。

「蛍一は俺のこと、弟としてしか見てなくても、俺は違う……！　俺はずっとずっと、蛍一のこと、好きだった……！」

「昊洸……」

「自分でも、どうしていいかわかんないくらい、世界中の誰より大好きだった。恋とかしたことないから、よくわかんないけど、俺にとって蛍一は世界のすべてなんだよ……！」

言った、ついに言ってしまった。

これで兄弟としての絆《きずな》すら失ってしまうかもしれない。

けれど、後悔はしていなかった。

いずれにせよ、このまま蛍一のそばで家族としているのはつらすぎる。

これを機に、昊洸は彼から距離を置くつもりだった。

「ごめん、こんなよこしまな気持ちで、蛍一のそばにいて。もう、蛍一には迷惑かけないから。父さん達の前では、今まで通り兄弟仲良くしような」

努めて平静を装ってみせても、自然と声が震えてしまう。

それでも、昊洸は泣くまいと必死に涙を堪えて微笑んだ。

「でも、もう気持ち抑えるの、無理。だから、もう蛍一とは……会わない。

身を切るよりつらい言葉を口にしようとした、その時。

ふいに、強い力で引き寄せられる。

「え……?」

次の瞬間、昊洸は蛍一の右腕で引き寄せられ、抱きしめられていた。

「……死ぬほど我慢してきたのに、どうしておまえは人の苦労を水の泡にするようなことを言うんだ……」

「蛍一……?」

「私が家を出たのは、あれ以上おまえのそばにいたら、なにもしないでいられる自信がなかったからだ。まだ高校生になったばかりのおまえに、そんなよからぬ欲望を抱くなんて、兄失格だと、ずっと自分を責めて生きてきた。私は、おまえが思っているような立派な人間じゃない」

魂から絞り出すような、蛍一の告白。

これは自分にとって、ひどく都合のいい幻聴かもしれない。

昊洸は、それが現実だとすぐには信じられなかった。

だが、痛いほど自分を抱きしめているこの腕の力は本物だ。

「……嘘」

「今さら、嘘をついてなんになる。父さん達に顔向けできなくて、家を出た。物理的に距離を置けば、この気持ちはいつか落ち着くと思ったが、無理だった。おまえをこの腕に抱くことなど、許されないと、言い寄ってくる女性達と付き合って忘れようとしたが、誰とも長続きしなかった。女性達は鋭いな。皆、あなたはほかに好きな人がいるんでしょうと言って、去っていった」

彼女達にも、本当に申し訳ないことをしてしまった、と蛍一は眉をひそめる。

知らなかった。

蛍一が、自分のことでこんなに苦しんでいたなんて。

「だが、家を出れば出たで、おまえのそばにいられないことで不安はさらに増したようだった。すぐ近くでおまえを見守れないことが、こんなにつらいなんて思いもしなかった」

「蛍一……」

それで、週に一度の食事会に招待してくれていたのか。

蛍一の行動はすべて、自分を思ってのことだった。

薄々気づいていながら、自分は今までなにをしていたのか。

蛍一に見捨てられたと、自分の気持ちばかり振りかざし、一人拗《す》ねるばかりだった。

昊洸は、己の未熟さと考えの浅さに歯噛みする。

「だが……おまえを守るためにここで一緒に暮らすうちに、また自分の理性に自信がなくなってきた。このままでは、おまえに触れてしまうと……」

「だから、俺を避けて帰ってこなくなったの？」

昊洸の問いに、蛍一は答えなかったが、その沈黙は肯定に等しかった。

すると、ようやく我に返ったのか、蛍一が唐突に身体を離す。

「すまない。一生おまえに言うつもりはなかったんだ。今の話は忘れてくれ。おまえも今までのことは忘れて、これからも兄弟として……」

「やだ！　蛍一の気持ちを聞いちゃったのに、なかったことになんかできないよ！」

蛍一の言葉を遮り、昊洸は今度は自分から彼の胸にしがみつく。

「昊洸……」

「俺達、血は繋がってない……！　俺も蛍一が好きで、蛍一も俺のこと、好きでいてくれるのに、どうしてこの想いを忘れなきゃいけないんだよ⁉」

力の限り叫び、昊洸は背伸びして無理やり蛍一の唇を奪った。

なにせ初めてだったので、角度もよくわからず、鼻はぶつかり、ひどいものだったが、なんとか蛍一の唇にぎこちなく自分の唇を押しつける。

初めて触れた蛍一の唇は、温かくて。

胸が締めつけられ、涙が溢れそうになった。

「……昊洸っ」

夢中で首に両手を回し、キスしてくる昊洸に、もはや必死で抑えつけていた欲望が爆発したのか、蛍一も激しくそれに応えてくる。

「は……ん……っ」

角度を変え、何度も何度も激しく貪《むさぼ》られ、思わず息が詰まる。

情熱的に舌を吸われ、昊洸は自分のキスが児戯《じぎ》に等しかったことを身をもって思い知らされた。

「ぁ……っ」

魂すら奪われてしまうような、激しい口付けに、いつしか両膝に力が入らなくなり、立っていられなくなる。

濃厚なキスでくったり力が抜けてしまった昊洸の腰を支え、蛍一はまた自らの暴挙を反省しているようだ。

「確かに私達は本当の兄弟ではないが、兄弟同然に育ってきたんだ。父さん達におまえを手込めにしたなんて、とても言えない」

　この期《ご》に及んでも、兄として家族のことを案じる蛍一に、昊洸はその頬に両手を当て、下からじっと瞳を覗き込んだ。

「ちゃんと、俺を見て。蛍一。俺はもう、なにもわからない子どもじゃない。親の許しなしに結婚だってできる年なんだ。その俺が、誰に強要されたわけでもなく、蛍一が好きって言ってるんだよ？」

「昊洸……」

「蛍一しか、欲しくない。蛍一がどうしても、俺の気持ちを受け入れてくれないなら、俺、一生誰とも付き合わないからな……！」

　蛍一以外の人間のものになるなんて、まっぴらだ。

固い決意と共に、そう宣言すると、長い沈黙があった。

そして、やがて蛍一が深いため息をつく。

「まったくおまえという奴は……ひどく思い切りがいいのは、昔からだな」

「だって、しょうがないだろ。それが本心なんだからさ」

つい唇を尖らせて抗議すると、蛍一はそんな昊洸の頬にそっと手を触れた。

じっと昊洸の瞳を見つめるその眼差しは、深い愛情に満ち溢れている。

わかっている。

蛍一がためらい、自身の欲望を退けて長年悩み続けてきたのは昊洸のためを思ってくれているからだ。

だが、もう後へは引かないと決めたのだ。

昊洸も負けずに蛍一の目をまっすぐ見つめ返すと、昊洸が引く気がないのを察したのか、蛍一が再びため息をついた。

「悪い子だ。さんざん大人を煽《あお》った責任は重いぞ？」

「わかってる。ちゃんと責任取るよ」

口ではそう強がってみせながらも、なにもかもが初体験の昊洸は内心心臓が爆発しそうだ。

すると蛍一は軽々と昊洸を抱き上げ、寝室へ向かった。

恥ずかしかったが、昊洸はその首に両手を回し、ぎゅっとしがみついて運ばれる。

蛍一のベッドにそっと下ろされ、電気を消されると、心臓の鼓動はさらに速まり、もう口から飛び出しそうなくらいだ。

「はは……なんか照れるね」

緊張する、と昊洸が冗談めかして呟くと、蛍一が「私もだ」と言った。

「嘘つき。百戦錬磨《ひゃくせんれんま》のくせに」

常々、蛍一の女性関係に嫉妬していた昊洸は、ここぞとばかりに言ってやる。

「まさかおまえをこの手に抱ける日が来るなんて、夢にも思っていなかったからな……」

幾分苦しげに眉をひそめ、蛍一が昊洸を抱き寄せる。

その所作で、本心から愛《いと》おしく思ってくれているのが伝わってきたので、胸がきゅんとした。

それだけで、今までのことは水に流してもいいと思ってしまう自分も、しょせん蛍一には甘いのだ。

「待って、すぐ脱ぐから」

逸《はや》る気持ちを抑え、焦ってシャツのボタンを外そうとすると、蛍一に止められる。

「私にやらせてくれ」

「……いいけど」

一つ一つ、丁寧にボタンを外され、肩口からするりとシャツを落とされ。

蛍一の目の前で上半身裸にさせられると、食い入るような視線が肌に突き刺さるようでひどく落ち着かない。

「左手、大丈夫?」

「問題ない。触れてもいいか?」

「い、いちいち聞くなよ、そんなこと」

蛍一になら、なにをされてもいいよと小声で呟く。

すると蛍一は嬉しそうに昊洸を膝の上に座らせると、その華奢《きゃしゃ》な肩口に唇を寄せてきた。

大きな手のひらで、昊洸の肌の感触を確かめるように薄い胸からなだらかな腹部、そして腰へと蛍一の両手が下りていく。

「ん……っ」

生まれて初めて、他人からの愛撫《あいぶ》を受け、昊洸はびくびくと反応してしまう。

首筋にキスされ、「ひゃっ」っと思わず身を竦めると、蛍一に「今の驚き方は子どもの頃と変わらないな」と笑われた。

「もう、ムードないな！」

これだから、長年付き合いのある相手だと色気がないのだ、と昊洸は唇を尖らせる。

が、そんな余裕はそこまでで。

蛍一の両手が脇辺りに触れ、親指が胸の突起に触れると、びくりと身体が震えた。

今まで、存在していることすらほとんど意識したことのない箇所を親指の腹でじっくり愛撫され、ささやかな突起は次第に芯を持ってくる。

「それ、やだ……っ」

「いやか？　気持ちよさそうに尖ってきているぞ」

そんなふうにからかわれ、かっと頬が熱くなった。

「蛍一の、バカ……」

「うまそうで、食べてしまいたいくらいだ」

そう囁きながら、蛍一は唇を寄せ、今度は交互に口に含んだ。

濡《ぬ》れた熱い感触に包み込まれ、舌先で転がされて、いつしか昊洸の愛らしい突起はじんじんと熱を持ち始める。

と同時に、いやでも下肢の方も反応してしまい、昊洸は蛍一の膝の上でもじもじと身を捩《よじ》った。

「蛍一……っ」

思わず、先をねだるように甘い声を出してしまうと、蛍一は心得たようにジーンズのベルトを外してくれた。

こちらは昊洸が羞恥《しゅうち》心を感じるより早く、あっという間にジーンズと下着を剥《は》ぎ取られてしまい、心許《こころもと》ない気分になる。

全裸に剝かれると、やはり恥ずかしくてつい四肢を縮めてしまう。

「け、蛍一も早く脱げよ」

「わかった」

蛍一もあっさり同意してネクタイを外し、シャツを脱ぎ捨てる。

まだ左腕の包帯は取れていないので痛々しかったが、がっちりとしたしなやかな筋肉に覆われた蛍一の裸体は、思わず見とれてしまうほど美しかった。

まるでギリシャ彫刻のようだと、昊洸は内心うっとりする。

自分とは明らかに違う、大人の男の身体に、心臓の鼓動はますます速くなり、緊張もピークに達する。

これから、長年家族だった相手と一線を越えるのだ。

それはやはり、勇気のいることだった。

そんな昊洸の動揺を感じ取ったのか、蛍一がそっと頬に手を触れてくる。

「本当に、後悔しないか？」

「しないよ」

それでも、昊洸は一秒も迷わず即答した。

蛍一は昊洸にとって、世界のすべてなのだから。

「ありがとう」

すると、そう囁き、蛍一が強い力で抱きしめてきた。

その気持ちがなんとなくわかるような気がして、昊洸も最愛の兄を抱きしめ返す。

長年家族として暮らしてきた相手とこうなるのは、やはりお互い気恥ずかしい思いが先に立つ。

が、昊洸に対して鉄壁の理性を誇ってきた蛍一は、いったん覚悟を決めると炎のごとく情熱的だった。

昊洸の髪から頬、胸から腹部へ、そして腰、太もも、足先に至るまで全身に唇を這わせ、余すところないくらいの勢いでキスしてくる。

「ひゃ……っ、トバしすぎだって。ちょっと待って……」

「私が今まで、どれだけ待ったかわかってるのか？　もう一秒だって待たないから覚悟しろ」

と、不遜《ふそん》に微笑む蛍一は、今まで昊洸に見せたことがない精悍《せいかん》な雄の顔をしていて、思わずどくんと鼓動が高鳴ってしまう。

「ずっとずっと、こうしたかった」

「……俺だって」

こうして、蛍一に抱きしめてほしかった。

そんな思いを込めて、逞《たくま》しい蛍一の背に両手を回してしがみつく。

互いを求める情動に支配され、二人は今まで抑えてきた理性を解き放ち、思う存分睦《むつ》み合った。

「ぁ……ん……っ」

蛍一の舌先が再び胸の突起を捕らえ、思わず声を上げてしまう。

それが自分でも驚くほど鼻にかかった、甘ったるい声だったので、慌てて拳で口元を押さえた。

「我慢せず、おまえの可愛い声を聞かせてくれ」

「は、恥ずかしいよ」

いやいやと首を横に振るが、蛍一はすっかり悪い大人の顔になっていて、ならば実力行使で上げさせるまでだとばかりに、無防備に晒《さら》された胸の尖りに交互に舌先を這わせる。

巧みに吸い上げ、丹念に愛撫された昊洸のささやかな突起は、見る見るうちに硬く尖っていく。

「それ、やだって言ってるのに……っ」

「昊洸はどこもかしこも可愛いな」

そんなふうに言われたら、もう陥落するしかない。

ただでさえ、身も心も蛍一にメロメロだというのに。

行為に慣れていない昊洸の下肢は、もうすっかり痛いくらいに張り詰めていて、それを知られたくなくて手で隠そうとしたが、それも蛍一に阻止されてしまった。

「あ……」

なんの躊躇もなく、勃《た》ち上がりかけた屹立を唇で愛撫され、昊洸の腰がびくんと跳ねる。

「ダメだよ、そんなことしたら……っ」

すぐにイッちゃう、と半泣きで哀願したが、蛍一はやめてくれない。

自慰とは比べものにならないくらいの快感に翻弄《ほんろう》され、昊洸は無意識のうちにシーツに爪《つめ》を立てていた。

「も……ダメっ」

絶え入るような声音で限界を知らせるが、蛍一が唇を離すことはなく、逆に情熱的に追い上げられてしまう。

「ひ……ぁ……っ！」

もうひとたまりもなく、昊洸はベッドの上で四肢を突っ張らせ、墜情させられてしまった。

「う～……」

あろうことか、蛍一は昊洸の放った蜜《みつ》をすべて受け止め、嚥下《えんか》してしまったようだ。

「どうした？」

「そんなことされたら、恥ずかしくてもう蛍一の顔見られないだろ」

半べそでそう抗議したが、「これからもっとすごいことをするのに、なにを言ってる」と真顔で一蹴されてしまう。

「……そっか」

言われてみれば、それもそうだとあっさり納得してしまうところが実に昊洸らしい。

さきほどから、腰の辺りに触れている、蛍一自身も既に臨戦態勢だ。

その大きさと迫力に、思わずごくりと生唾《なまつば》を呑む。

果たして、こんなに大きなものが自分の内に入るのだろうか？

――ぶ、物理的に不可能じゃね？

久しく目にしていなかったが、蛍一のってこんなに大きかったっけ？　と過去の記憶を検索してみても、大きさが変わるわけではない。

内心、だらだらと冷や汗をかいていると、それを察した蛍一がそっと昊洸の頬を撫でてきた。

「最初から無理しなくていい。おまえがいやなら、最後までしないから」

「や、やだ、絶対に最後までする……！」

未知への恐怖心とは裏腹に、咄嗟にそう叫んでしまう。

「昊洸……」

だって蛍一は、今までずっとずっと待ってくれていたのだ。

馬鹿で考えなしで、危なっかしい自分を、いつも陰になり日向になり見守りながら、大切に守ってくれていた。

ここで尻込みしたら男じゃないと、昊洸は覚悟を決めた。

「俺が蛍一のものになりたいんだ。最後まで、ちゃんとしようよ」

「……わかった」

昊洸の言葉に、蛍一がガウンを羽織り、いったん寝室から出ていく。

やがて戻ってきた彼はオリーブオイルの小瓶を持っていた。

「用意がなかったからこんなものしかないが、ないよりはいいだろう」

少しでも昊洸につらい思いをさせたくないという、蛍一の優しさが伝わってきて、嬉しい。

「用意されてたらドン引きだったから、それでいいよ」

高まる緊張を紛らわすために、昊洸はそんな軽口を叩いてみせた。

「おいで」

ベッドに戻った蛍一はまず自分が胡座をかく格好で、その膝の上に向かい合った昊洸を跨《また》がらせる。

そして「つらかったら言うんだぞ」と言い置き、オイルをたっぷりと絡めた指先を昊洸のひそやかな蕾に滑らせた。

「ん……」

今まで誰にも触れられたことのない箇所に触れられ、びくんと反応してしまう。

ゆっくりと慎重に、蛍一の指はそのかたくなな蕾を解していく。

その間、昊洸は蛍一の首に両手でしがみついて羞恥を必死に耐えた。

時間をかけて慣らされていくうちに、なんだかむずむずしてきて堪えきれない気分になってくる。

「ね……まだ？」

「もう少しだ、おまえを傷つけたくないからな」

「ぁ……ん……っ」

既に二本、蛍一の指先を呑み込んでいて、そのまま緩く蕾の内を探られて昊洸は思わず背筋を反らせてしまう。

このままでは、どうにかなってしまいそうで。

「蛍一、早く……」

思わずそうねだってしまう。

若鮎《わかあゆ》のようなしなやかな肢体をくねらせ、喘ぐ媚態《びたい》に、蛍一もごくりと喉を鳴らす。

「できるだけ力を抜いていろ」

「ん……」

幾分くったりしていると、蛍一の膝の上に抱えられる。

「起きて、するの……？」

「多分こうした方がおまえが楽だから」

向き合ったまま胸と胸を合わせ、昊洸がゆっくりと腰を落としていく。

「大丈夫か？　無理をするな」

「……平気っ」

言いながら、昊洸は両手で蛍一の肩口にぎゅっとしがみつく。

本当はすべてが未知の体験で、むろん怖いという気持ちもあったが、それより蛍一と結ばれたいという思いの方が勝った。

「ぁ……ん……っ」

じりじりと、己の体重で巨大な蛍一を受け入れていく。

強い圧迫感にたじろぎ、途中何度も止まりかけるが、蛍一が額の汗を拭いてくれ、宥めるようなキスをくれたのであきらめずにトライする。

「息を吐いて」

「は……ふ……ぅ……」

言われるままに息を吐くと、少し楽になる。

昊洸にとってはまるで永遠のように長い時間に感じられたが、実際はさほどでもなかったのかもしれない。

体重を支えていた両膝ががくがくしてきた頃、なんとか蛍一を受け入れることに成功する。

ひどい痛みがなかったのは、蛍一がよく慣らしてくれたお陰だろう。

「はぁ……できた」

蛍一の首に抱きついたまま、昊洸は荒い息の下で笑う。

到底不可能と思っていたので、昊洸はなんだか偉業を成し遂げたような誇らしい気分になったのだ。

そんな屈託のない笑顔に、さらに独占欲を刺激されたのか、蛍一がふいにその細腰を抱き寄せた。

そして、そのまま軽く揺すり上げてくる。

「ひゃ……っ！」

「すまない、もう我慢の限界だ……っ」

継ぐ息すら奪われるほど、激しく唇を塞《ふさ》がれ、追い上げられる。

自身の内に収めた蛍一は炎のように熱く、昊洸を翻弄した。

頭の中が真っ白になりながら、昊洸は必死で恋しい男の首にしがみつくことしかできない。

「あぁ……蛍一……ぃっ」

「昊洸……っ」

無我夢中で抱き合い、余裕なく貪り合う。

もはや、お互い以外のものはなにも目に入らない。

長年の想いが、ついに成就する時が来て。

そして、昊洸と蛍一は慌ただしく初めて共に得る絶頂目指して駆け抜けていった。


「大丈夫か？」

「……なんとかね」

すべてが終わると、初めてだった緊張もあり、昊洸はぐったりしてしまう。

そんな昊洸を労《いたわ》り、蛍一は濡れタオルで全身を丁寧に拭き清めてくれた。

恥ずかしかったが、抵抗する元気も残っていなかったので、大人しくされるがままになる。

「すまない、無理をさせた」

途中から欲望のままに昊洸を貪った自覚があるのか、蛍一が眉をひそめる。

「謝るなよ。蛍一に欲しがってもらえて、嬉しかった」

「昊洸……」

そっと手を伸ばすと、蛍一もその手を強く握りしめてくれた。

ベッドの中で蛍一の逞しい胸に頬を乗せ、身を委《ゆだ》ねると、今まで味わったことのない充足感が

ひたひたと昊洸を満たしていく。

あぁ、好きな人と結ばれるって、こんな気持ちになるんだと知って、少しこそばゆい。

なにげなく見ると、胸の上に乗せた自分を蛍一がじっと見つめていたので、シーツで顔を半分隠して抗議する。

「そんなに見るなよ……恥ずかしいだろ」

「そう言わずに、おまえの可愛い顔をもっとよく見せてくれ」

「やめろって」

蛍一が、うちの子可愛いモードダダ漏れで隠そうともしないので、よけいに恥ずかしい。

「今まで、おまえの人生を台無しにしてしまいそうで自分の想いを封印してきた。だが、こうなった以上、私も覚悟を決めた。おまえにとってこれが最善の選択かは自信がないが、全力でおまえを守る。生涯、大切にすると誓う。だから、これからずっと、そばにいてほしい」

「蛍一……」

真摯《しんし》な、実に蛍一らしい無骨な告白に、思わず胸が熱くなる。

「それって、プロポーズ？」

「そうだ」

照れ隠しで茶化すように尋ねたのに真顔で肯定され、昊洸は少し泣きそうになってしまい、ぎゅっと唇を噛む。

「ありがと……すごく嬉しい。俺もずっと、蛍一と一緒にいたいよ」

「……そうか」

昊洸の返事を聞き、蛍一も嬉しそうに微笑み、シーツの下で昊洸を抱きしめた。

◇　◇　◇

「なぁ、聞いたか？　小早川のこと」

「あぁ、大学中の噂になってるしな」

その日、講義の教室へ入ると、学生達の間では小早川の話で持ちきりだった。

表向きは自主退職という形になっているが、こういうことは必ずどこかから漏れるもので、彼が男子学生になんらかのストーカー行為を続け、逮捕されたというニュースは既に大学内に広まっていた。

「まさかあの小早川がなぁ。人は見かけによらないよな」

「ひょっとして、昊洸のロッカーのアレも小早川だったんじゃないのか？」

高橋に鋭いところを衝かれ、昊洸は「さ、さぁ、どうなんだろうね」と曖昧《あいまい》に誤魔化す。

事件が事件だったので、さすがに自分も被害に遭いかけたとは言えずにいたが、その間に友人達の話題はあっさり別のものに移っていた。

幸い、自分は蛍一のお陰で小早川の毒牙《どくが》にかからずにすんだのだが、小早川逮捕の一報で自分以外に被害に遭った学生達が少しでも安心できればいいのだが、と昊洸はひそかに胸を痛める。

「昊洸、今日もバイトか？」

「うん」

野中の問いに頷いた後、昊洸は思い切って続ける。

「あのさ、俺、蛍一と一緒に暮らすことにしたんだ」

だからアパートも引き払った旨を報告すると。

「仲直りできたのか？　よかったな」

「兄貴のとこに住まわせてもらえたら、家賃も浮くしな。おまえ、バイトしすぎだったから、心配してたんだぞ」

「ありがとう、二人とも」

いつも自分を案じてくれ、蛍一との仲直りを我がことのように喜んでくれる友人達に、昊洸は心から感謝した。

あれから、蛍一とはきちんと話し合い、アパートを引き払った昊洸は蛍一のマンションへと引っ越した。

あんな事件があった後では、もう一日たりとも昊洸を一人にしておけないという蛍一の心配はよくわかったから、そこはすんなり折れることにしたのだ。

だが、浮いた家賃の一部を食費として入れること、そして今まで通りバイトを続けることだけはなんとか蛍一を説得し、渋々ではあるが認めさせた。

恋愛沙汰には疎い昊洸はよくわかっていないが、昊洸を手元に置けるなら、蛍一はどんな無理難題でも呑んだはずなのだが。

こうして、晴れて二人は新生活をスタートさせたのだ。

その日授業を終え、あらたに見つけた居酒屋のバイトをこなした昊洸は、蛍一のマンションに帰った。

エントランスのコンシェルジュに恭しく「お帰りなさいませ」と挨拶されるのがこそばゆく、まだ慣れないが、本当に自分のものになった合鍵で部屋へ入る。

いつものようにあれこれ細々《こまごま》とした家事を片付けていると、思っていたより早く蛍一も帰宅した。

「お帰り」

「ただいま」

そう挨拶し合うのにも、互いに慣れてきて微笑み合う。

その後、例の追跡アプリについては削除しろと迫ったが、蛍一は「そうしたら次、おまえになにかあった時に助けに行けないだろうが」と強硬に反対したので、話し合いの末、それなら蛍一のスマートフォンにも同じアプリを入れ、昊洸からも追跡できるようにすることでおあいこにしようというところに落ち着いた。

（それで果たして本当にいいのか、という疑問は残るのだが）

一応、お互いよほど緊急の場合以外は使わないようにと取り決めもする。

こうやって、蛍一となんでも話し合えるようになったことが嬉しい。

今までの気まずかった関係がまるで嘘のように、二人の心は寄り添い、一つになっていた。

「昊洸……」

蛍一が頤《おとがい》に指をかけてきたので、あ……キスされると昊洸も目を閉じる。

もしかしてこのままベッドに直行か？　などとドキドキしていると、予想に反して蛍一は軽いキスだけで身体を離す。

「おまえをベッドに連れ込みたいのは山々だが、今日が締め切りなんだ。まだ終わってない」

「だから少し帰りが早かったんだ。愛莉さんとこの原稿？」

昊洸がそう尋ねた途端、まるでそれを見計らっていたかのようにインターフォンが鳴る。

「こんばんは。原稿取り立てに来たわよ」

昊洸が招き入れると、いつも通り賑やかにそう言ってリビングに上がり込んできた愛莉は、蛍一がワイシャツにネクタイ姿のまま、まだソファーに座って膝の上のノートパソコンのキーボードを叩いているのを見て、器用に片眉を吊り上げてみせた。

「あら？　さっきの電話でもうできてるって聞いてたはずだけど、私の聞き違いだったのかしら？」

「……あと十分だけ、待ってくれ。もう少しだから」

画面から視線を離さず、蛍一が眉間に皺を寄せながら懇願する。

「いいわよ。その間、昊洸くんとおしゃべりしてるから」

言いながら、愛莉はソファーに座っていた昊洸の隣に腰掛ける。

すると、ちらりとそれを見た蛍一が言った。

「……おい、近いぞ。あまりそばに寄るな」

「え？　あ、ごめん」

愛莉のそばに寄ってはいけないんだと、昊洸は慌てて立ち上がり、距離を置いたが、それを聞いていた愛莉がなぜか笑い出す。

「違うわよ、昊洸くん。蛍一は私にヤキモチ焼いてるの。昊洸くんのそばに寄るなってね」

「……え？」

一瞬意味がわからず、昊洸はきょとんとしてしまう。

愛莉はじろじろと無遠慮に蛍一と昊洸を眺め、意味深な含み笑いを漏らす。

「ふぅん、その様子じゃ、ちゃんと告白できたんだ。よかったわね」

「……まぁな」

「あ、あの……？」

話が見えず、困惑している昊洸に、愛莉が言った。

「蛍一と付き合う前から、私、蛍一が昊洸くんのことをずっと好きなの、知ってたのよ」

「ええっ⁉」

思いもよらぬ告白に、昊洸は言葉を失う。

「大学時代、もう耳にタコができるくらいさんざん昊洸くんの話を聞かされてきた、こっちの身にもなってよ。あれはただのブラコンじゃないって、いやでも察しがつくわ」

「お陰で愛莉には頭が上がらなくてな。こうして原稿も書かされているというわけだ」

と、蛍一。

それでは、蛍一が愛莉の元で本を出版することになったのも、昊洸への気持ちを知られているという負い目があったからなのか。

「でも付き合えば私に夢中にさせる自信はあったから強引に押し切ったのに、蛍一ったら恋人になっても、いつでもなんでも昊洸くんが一番でぜんぜん変わらなかったから、こっちが愛想尽かしちゃった。で、大学の頃はそれが原因で別れたわけ」

「お、俺が原因だったんですか……？」

「気にしないで。押せ押せで迫ったのは私だから。でも結局、蛍一の心を手に入れることはできなかった。最近再会して、こうして仕事で関わるようになっても、あなた達の仲が進展してないって知って、こっちが焦れったくなっちゃったわよ」

「それじゃ……二人は焼けぼっくいに火が点いて復活で……不倫関係とかじゃなかったんです

か？」

　ずっと気になりつつ、結局聞けなかった疑問をぶつけると、蛍一があきれたような顔をした。

「違うと言っただろう。愛莉は旦那とラブラブなんだぞ。ノロケ話でこっちがうんざりさせられるくらいだ」

「私が誤解されるように誘導してたのよ。そうやって刺激しないと、このまま永遠にあなた達の仲は進展しないいんじゃないかって、よけいなお節介焼いちゃったわよ」

　と、愛莉は小さく舌を出してみせてから昊洸に向き直った。

「意地悪なこと言ったりして、ごめんなさいね。でも挑発してみて、昊洸くんも蛍一のこと、真剣に想ってるってわかったから、背中を押してあげる気になったの。蛍一はあなたのものになったんだから、これくらいの仕返しは我慢すべきよ」

　その発言を聞き捨てならないと、蛍一が割って入ってくる。

「おい、愛莉。昊洸になにを言ったんだ？」

「ふふ、内緒。もしかしたら私のお陰でやっと一線越えられたんだから、感謝してよね」

　お互い態度には出していないつもりだったが、鋭い愛莉にはもう二人の仲はとっくにバレていたようだ。

　実に決まりが悪い。

「お礼はフカヒレフルコースでいいわ」

「なぜそうなる」

　すかさず突っ込みを入れながら、蛍一はようやく書き終えたデータを保存したディスクを愛莉に差し出す。

「確かに。お疲れさまでした。さ、原稿もいただいたことだし、邪魔者は退散するから、好きなだけラブラブしてちょうだい」

じゃあね、と手を振り、愛莉はあっさり帰っていってしまった。

残された昊洸はちらりと蛍一を見ると、ひと仕事終えた蛍一は大きく伸びをしてからソファーに座り、自分の膝を叩いてみせた。

おいでという合図を受け、昊洸も待ってましたとばかりに蛍一の膝に乗る。

「昔から愛莉さんにバレちゃってたんだ。蛍一って隠しごとできないタイプ？」

「そのようだな」

最高のご褒美だとばかりに、蛍一は昊洸の細腰を抱き寄せた。

「愛莉とのこと、妬いてたのか？」

「実はちょっと……じゃなくて、ものすごく。だって蛍一の元カノじゃん。心配するよ」

「私には昊洸だけだと、どう説明したら納得してもらえるかな」

宥めるように、こつんと額に額を当てられ、また子ども扱いされてるなと昊洸はむくれてみせる。

「……いっぱいいっぱい好きって言ってくれたら、信じられるかも」

すると、冗談で躱してくれると思っていた蛍一は、ふと真顔に戻って告げた。

「愛してる、昊洸」

その真剣な眼差しに、どくんと鼓動が跳ね上がる。

「おまえのことが、なにより大切だ。私にとっては世界で一番の宝物だ」

そんなこと、面と向かって言われたらどうしていいかわからない。

かっと頬が熱くなり、自分でも顔が紅くなるのがわかる。

「も、もういいから」

「おまえが催促したんだぞ。ちゃんと聞け」

「うぅ……わかった」

恥ずかしくて耳まで真っ赤になってしまった昊洸を、蛍一は胸の上で抱きしめ、大きな手で頬を撫でた。

「私の愛情が伝わったか?」

「……もう充分すぎるくらいにね」

なんとなく、また蛍一のいいように手玉に取られてしまった気がして、昊洸は唇を尖らせる。

「なら、よけいな心配をするな。私にはおまえだけなんだからな」

「……わかった」

うまく言いくるめられた気がしないでもないが、ここは素直に頷いておくことにした。

「よし、いい子だ」

と、今度は頭を撫でられる。

蛍一にそうされるのは大好きだったが、やはりこれは恋人ではなく、弟としての接し方なのではと疑問がよぎった。

「その、すぐ頭撫でたりとか、子ども扱いするのやめろよな。俺だってもう二十歳過ぎてるんだから」

「無理を言うな。昔からの習慣だ。私にとって、おまえはいくつになっても可愛い子なんだからな」

「んも〜」

「それより、バイト先を変えたり、夜遅くなる時はまず私の許可を先に取るように。これだけは譲れんぞ」

と、またもや過保護炸裂《さくれつ》だ。

これでは先が思いやられると、昊洸はため息をついたのだった。


それからしばらくして、蛍一が休みを取れた週末、二人は連れ立って車で出かけた。

目的地は、隣県にある昊洸の実家近くにある寺だ。

近くの駐車場に車を停め、途中で買ってきた花束と線香を手に寺の門をくぐる。

広大な敷地を進み、奥まった一角に昊洸の実の両親が眠る墓があった。

「久しぶり、父さん、母さん。なかなか会いに来られなくてごめん」

そう話しかけながら、昊洸は丁寧に掃き掃除をし、墓石を水拭きした。

蛍一も手伝ってくれたので、墓はすぐ綺麗になる。

それから花を生け、二人並んで線香をあげた。

墓前に手を合わせ、蛍一が深々と頭を下げる。

「おじさん、おばさん、今日は大切なご報告があります」

まるで結婚する相手の親元を訪ねる時のように、蛍一は改まったスーツ姿だ。

「昊洸と私は、これから生涯を共に生きていく覚悟を決めました。もしお二人が生きてらしたらなんとおっしゃるかわかりませんが、一生昊洸を大切にすると誓います。ですからどうか、私達の仲をお許しください」

真摯に、自分の両親に報告する蛍一の姿を見て、昊洸は蛍一がいなければ生きられないと思ったほどつらかった当時のことを思い出した。

「父さん達は、許すって言ってくれるよ、きっと」

だって、二人を喪《うしな》った時、なにもかも犠牲にして支えてくれたのは蛍一だった。

それはあの日からずっと、今も変わらない。

この世で、蛍一以上に自分を大切に想ってくれている人はいないことを、昊洸はよく知っていた。

「だといいがな」

一応けじめをつけたかったんだ、と蛍一は笑う。

昊洸の亡き両親の墓前で報告したいと言い出したのは、蛍一なのだ。

そして、これからがさらに難関だった。


「覚悟はいいか?」

「……うん」

墓参りをすませた後、都内へ戻ってきた二人が次に向かったのは実家だった。

駐車場で車から降り立った二人は、固い決意と共に顔を見合わせる。

今日は両親に誘われ、夕食に四人で鍋を囲む約束をしているのだが、この場を借りて、二人は自分達の関係を両親にカミングアウトするつもりだった。

覚悟を決めてきたはずなのに、今さらながら不安が押し寄せてくる。

実の子ではない自分を、大切に育ててくれた蛍一の両親への、これは裏切り行為になるのではないか。

自分の存在は、蛍一のしあわせを邪魔しているのではないか。

もう何度も今まで繰り返してきた自問自答が、またしても頭をもたげてくる。

すると、それを見越したように隣にいる蛍一が強く手を握ってきた。

「もう迷うな。理解してもらえなくても、誠心誠意、私達の気持ちを伝えよう」

「……わかった」

蛍一の優しさが嬉しくて、昊洸もその手をぎゅっと握り返す。

覚悟を決めて玄関のインターフォンを押すと、二人の到着を待ちかねていた母が満面の笑みで玄関を開けて出迎えてくれた。

「いらっしゃい、二人とも。待ってたのよ」

そう言うと、母は蛍一がスーツ姿なのに気づいてあら、と言った。

「改まってどうしたの？　今日はお休みだったんでしょ？」

「今日は、父さんと母さんに話があるんだ」

「まぁ、そうなの？　でも、まずはお食事が先よ。ちょうどお鍋が、いい具合に煮えてきたところだから」

と、母はいそいそと二人をダイニングへ通す。

先に話を切り出してしまうと、食事どころではなくなるのはわかっていたので、二人は母の言う通り、大人しく席に着いた。

父と母と四人ですき焼きの鍋を囲むが、昊洸はこれからのことを考えると、大好物の霜降り牛肉もろくに喉を通らない。

ちらりと隣の席の蛍一を見ると、彼は表面上はごく平静に見え、和やかに両親と談笑している。

こういう時、蛍一は大人だなと、彼と自分の人生経験の差を感じる昊洸だ。

締めのうどんを堪能し、デザートにはメロンをいただく。

楽しい食事が終わると、二人は率先して後片付けを申し出て、手際よくそれをすませた。

そして、おもむろにリビングに場を移し、いよいよ本題だ。

「父さん、母さん、今日は報告があって二人で参りました」

まずは蛍一が、そう切り出す。

「どうした、改まって」

「私と昊洸が一緒に暮らし始めたことは報告していますが、まだ伝えていないことが……」

さすがに勇気が必要だったのか、いったん言葉を切り、蛍一が続ける。

「私達は兄弟として育ちました。けれど、私はいつしか、昊洸を一人の人間として深く愛し、そして昊洸も私と同じ気持ちでいてくれました。私達の関係を理解してもらうのは難しいかもしれませんが、私は昊洸以外の人間と一生を共にする気はありません」

「蛍一……」

二人の関係を報告するだけだと思っていた昊洸は、蛍一が自分と一生添い遂げる覚悟だとまで言い切ってくれるとは思っていなかったので、驚きで言葉を失う。

と同時に、両親に対して申し訳ない気持ちでいっぱいになった。

「……ごめん、父さん、母さん」

自分を引き取ったことを両親に後悔させてしまったかと思うと、涙が溢れてくる。

自分達の恋が、大切な人達を傷つけてしまうのがなによりつらかった。

「昊洸……」

声もなく泣く昊洸の肩を、蛍一が宥めるように優しく抱き寄せる。

すると。

「やっと白状したか」

腕組みした父が、重々しく呟いた。

「おまえ達のことは、もうとっくに察していたぞ。私ではなく、母さんが先に気づいたんだがな」

「……え？」

嘆き悲しみ、もしくは激しく叱責《しっせき》されるのを覚悟していたのに、思いもよらぬ反応に、蛍一と昊洸は思わず顔を見合わせる。

「ど、どうして……？」

「あなた達、親を見くびるんじゃありません。手塩にかけて育ててきたのよ？　あなた達が互いに想い合っていることくらい、とうの昔から知っていたわ。蛍一が家を出たのも、昊洸のためを思ってのことだったものね」

「そんなに前から……？」

驚きのあまり、昊洸の涙は引っ込んでしまう。

「わかってはいたが、諸手《もろて》を挙げて賛成はしてやれなかった。お互いにあきらめることができて、誰かほかの女性を見つけることができたなら、それに越したことはないからな」

「父さん……」

「今までずっと見守っていたけれど、やはりお互い以上に惹《ひ》かれ合う相手は見つからなかったのね？」

母の問いに、昊洸と蛍一は迷わず頷いた。

「そうか……」

薄々察していたとはいえ、やはり両親にとっては複雑なのだろう。

父が困惑した様子で言葉を探している。

「その……なんだ、昔よりだいぶフランクになっているとはいえ、同性同士の関係はやはり苦労が多いだろう。その覚悟はできているのか？」

「はい。なにが起きても、二人でその問題を乗り越えていく所存です」

きっぱりと蛍一が、そう断言する。

「俺も……蛍一のこと、助けたいし守りたい」

自分はまだ学生の身で、なんの力もないけれど、蛍一のためならなんでもする覚悟だった。

「昊洸……」

その言葉が嬉しかったのか、緊張で強ばっていた蛍一の表情にようやく笑みが戻る。

つられて昊洸も微笑み、そんな二人の様子を見て父母も表情を和らげた。

「おまえ達の気持ちは、よくわかった。だが、この先の人生はまだまだ長い。まずはきちんと、二人で生活してみせなさい。私達が、これなら安心だとおまえ達の仲を認められるようにな」

「父さん……」

「私達にずっと言いたかったのに言えなくて、苦しかったでしょう。もう楽になっていいのよ。なにかあったら、いつでも頼ってちょうだい。あなた達は、私達の大切な息子なんだから」

「母さん……」

こんな温かく優しい人達が家族だなんて、なんてしあわせなことなのだろう。

止まっていた涙が溢れ出し、昊洸は思わず母を抱きしめた。

「父さん、母さん、ありがと……ごめんね」

伝えたい想いはたくさんあったけれど、胸が詰まってそれしか言葉にならなかった。

「謝らなくていいのよ。真剣に誰かを好きになるのは、いけないことじゃないんだから」

「母さん……」

「私とお父さんが望むのは、ただ一つ。あなた達がしあわせでいてくれること、ただそれだけなの。

そのしあわせの形が、少しほかの人と違っていたとしても、二人がしあわせならそれでいいのよ」

母の言葉に、父も無言で頷く。

こんなにも、ただただ自分達のしあわせを願ってくれる両親の気持ちがありがたくて、涙が止まらない。

その感謝の気持ちを伝えたくて、昊洸は母の次に父を、そして最後に蛍一をハグして回った。

大切な家族達は皆、愛情を込めて抱きしめ返してくれたので、それがなにより嬉しかった。


「運転に気をつけて、また二人でごはん食べに帰ってきてね」

「うん、おやすみなさい」

両親に見送られ、二人は車に乗り込み、実家を後にした。

とにかく大役をすませ、肩の荷が下りたせいか、助手席で昊洸は少々虚脱状態になる。

「まさか、あんなにすんなり認めてもらえるとは思わなかったな」

ハンドルを握る蛍一も同じ気持ちだったのか、そう告げる。

「うん、必死に隠してきたつもりだったけど、親に隠しごとってできないものなんだね」

「正直、最悪の結果として親子の縁を切られることも覚悟でいたが、これで逆に荷が重くなった。

父さん達に認めてもらえるように、恥ずかしくないように二人でちゃんと生きていかないとな」

「うん、俺も頑張る」

運転席から蛍一が右手を差し出してきたので、昊洸も左手でそれを握り返す。

「大好きだよ、蛍一」

「私もだ」

「うん、知ってる」

これから先の人生も、ずっと。

こうして二人で手を携え、支え合って生きていく。

ここまで来るのに紆余《うよ》曲折はあったものの、二人は今、たとえようもないくらいのしあわせを噛みしめる。

そして信号待ちの停車中に、素早くキスを交わしたのだった。

あとがき

こんにちは、真船《まふね》です。

今作は、大好きな義兄弟物をまた書いてしまいました（笑）。

しかも、これまた大好きな眼鏡攻……！

超過保護で、外に出したくなくて、本当なら家に閉じ込めて床の間に飾っておきたい、みたいな義兄の束縛が大好物です（真顔）。

今回も、緒田《おだ》涼《りょう》歌《か》さまには素敵なイラストをつけていただきました！
昊洸《こう》のチャイナドレス姿が、とってもキュートでした♡
お忙しいところ、イケメン眼鏡攻の蛍一《けいいち》と、やんちゃ可愛い昊洸を本当にありがとうございました！

相変わらず趣味全開ですが、少しでも楽しんでいただければ幸いです。

よかったら、次作もまた読んでいただけたら嬉しいです！

真船るのあ

CROSS NOVELSをお買い上げいただき
ありがとうございます。
この本を読んだご意見・ご感想をお寄せください。
〒110-8625
東京都台東区東上野2-8-7　笠倉出版社
CROSS NOVELS 編集部
「真船るのあ先生」係／「緒田涼歌先生」係

CROSS NOVELS

花嫁は義兄《あに》に超束縛される

著者
真船るのあ

2017年1月23日　初版発行　検印廃止

発行者　笠倉伸夫
発行所　株式会社　笠倉出版社
〒110-8625　東京都台東区東上野2-8-7　笠倉ビル
[営業]TEL　0120-984-164
FAX　03-4355-1109
[編集]TEL　03-4355-1103
FAX　03-5846-3493
http://www.kasakura.co.jp/
振替口座　00130-9-75686
印刷　株式会社　光邦
装丁　磯部亜希
ISBN　978-4-7730-8843-4
Printed in Japan